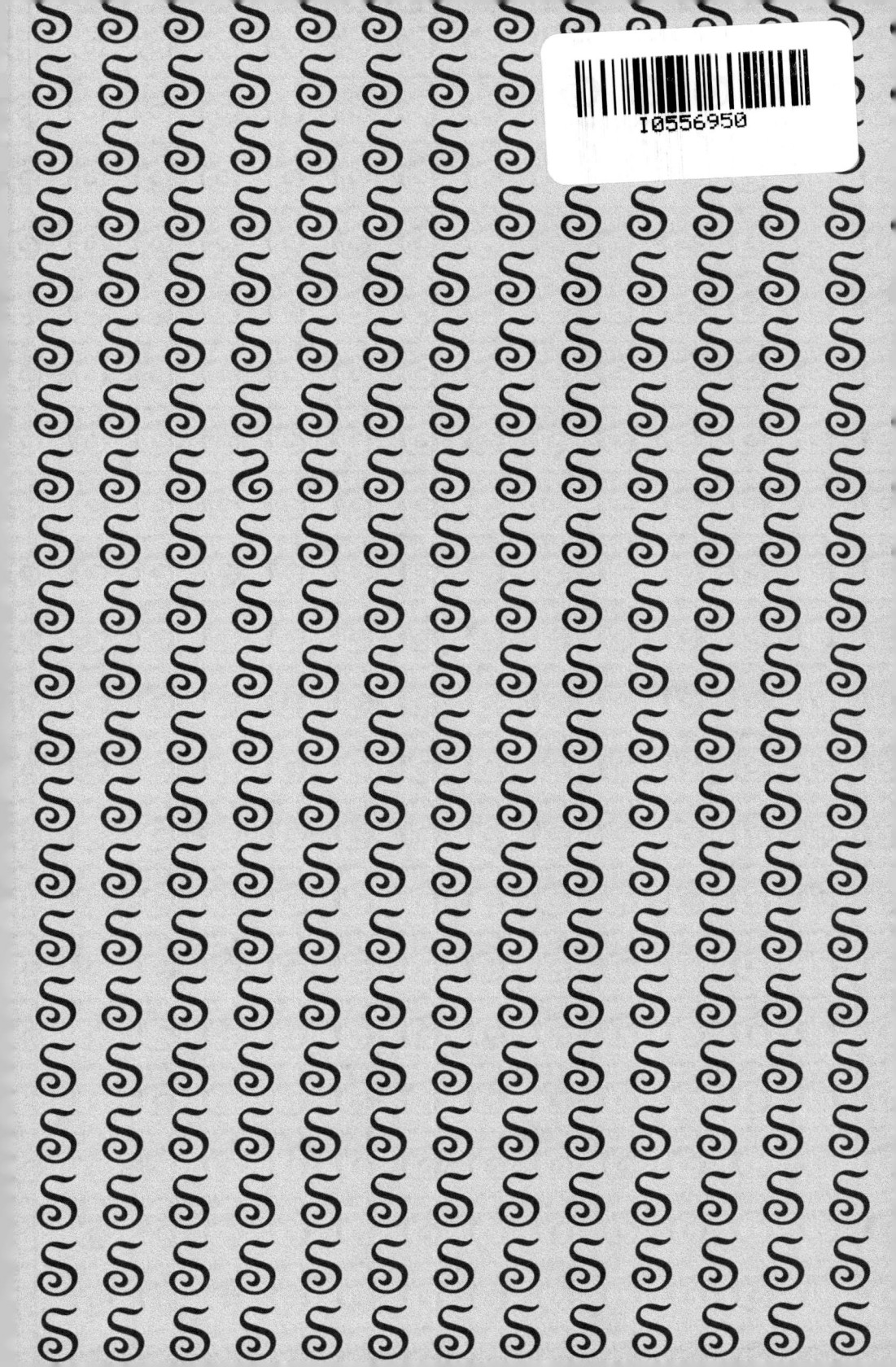

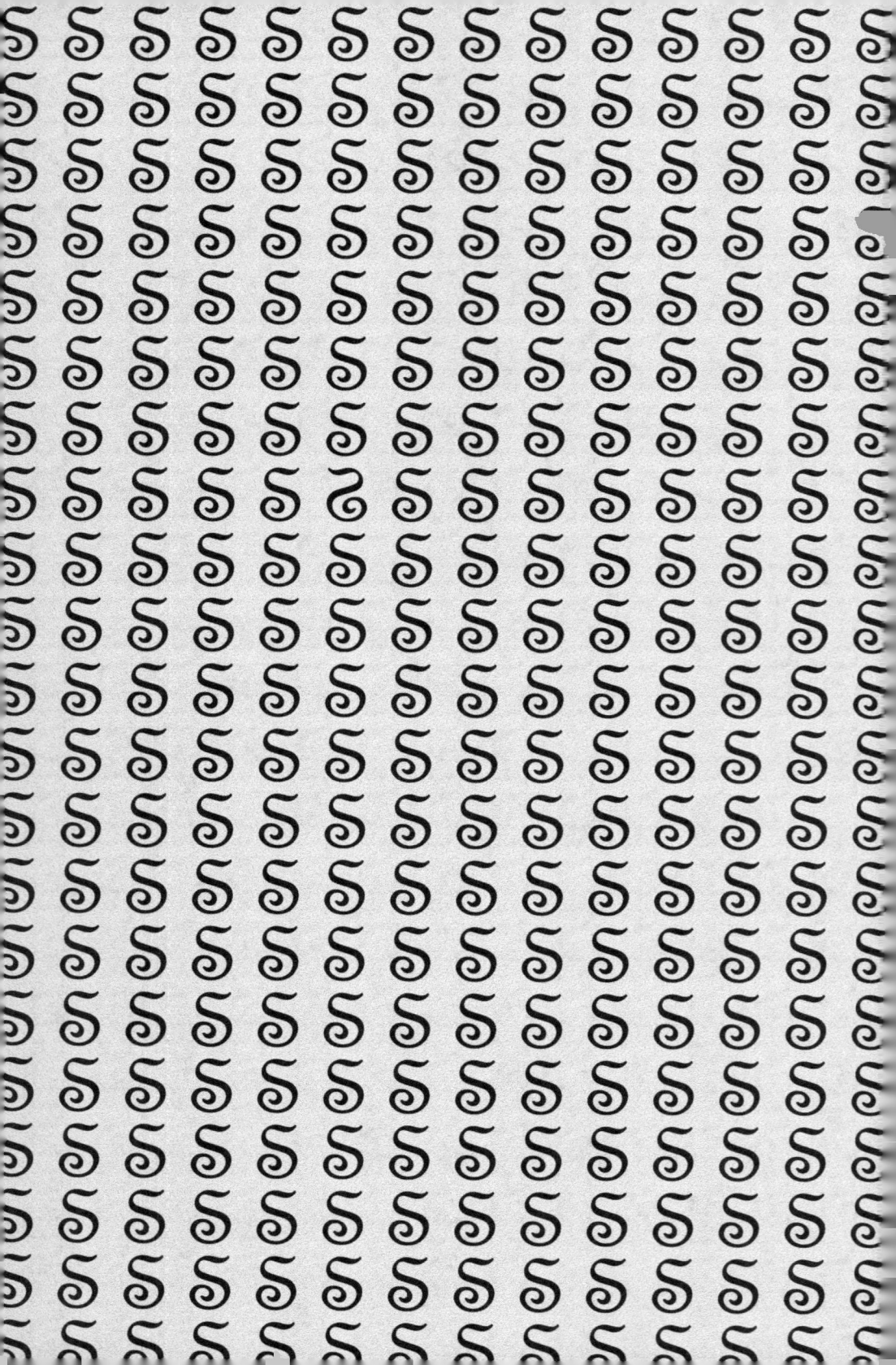

Llueve desde el sábado

Llueve desde el sábado

Reinaldo Martínez Urrutia

Novelistos al Sur del Mundo

Editorial Segismundo

© Editorial Segismundo SpA, 2019-2021

Llueve desde el sábado
Reinaldo Martínez Urrutia
Colección Novelistos al Sur del Mundo, 8

Primera edición: Agosto 2019
Versión: 1.5
Copyright © 2019-2021 Reinaldo Martínez Urrutia

Contacto: Juan Carlos Barroux <jbarroux@segismundo.cl>
Edición de estilo: Juan Carlos Barroux Rojas
Diseño gráfico: Juan Carlos Barroux Rojas
Fotógrafo de la portada: 下雨的路面 (Shizhao)

Registro Propiedad Intelectual N°
ISBN-13: 978-956-6029-28-1

Otras ediciones de

Llueve desde el sábado:

Impreso en Chile
ISBN-13: 978-956-6029-27-4

Tapa Dura – Amazon™, etc.
ISBN-13: 978-956-6029-77-9

POD – Amazon™, EBM®, etc.
ISBN-13: 978-956-6029-28-1

eBook – Kindle™, Nook™, Kobo™, etc.
ISBN-13: 978-956-6029-29-8

En la colección *Novelistos al Sur del Mundo*:

Desde la nada – Omar Cansejo

TOKI – Armando Rosselot

Las Paradojas de Philip Red – Julián Marcel

El dolor ajeno – Reinaldo Martínez

Reciclando al Abuelo – Reinaldo Martínez

El Jamón del Sándwich – Le Vieux Coq

Josefov – Guillermo Martínez Wilson

Llueve desde el sábado – Reinaldo Martínez

Reina Madre – Armando Rosselot

Dedicatoria

A Jorge, mi compadre,

Compañero de un viaje inconcluso.

Agradecimientos

A Paulina Ponce L.

por su invalorable

aporte a este relato.

I

Roberto dejó el diario sobre la mesa, inclinó la cabeza sobándose la frente con ambas manos durante un largo rato, con los ojos cerrados, buscando una especie de solución a un imposible. Revolvió su departamento buscando un cigarrillo olvidado, perdido en algún rincón. Hacía dos meses que había dejado de fumar. El cáncer. ¡Qué mierda!

Bueno, era lógico que la encontraran, no se podía esperar otra cosa. Cuando pasa más de un día sin saber de una persona adulta, siempre la encuentran fallecida. Era esta conclusión estúpida que lo tenía angustiado. En un pequeño remanso de un canal, bastante lejos de su casa, boca arriba, una sola bala. Sin el arma homicida en el lugar podría descartarse un suicidio. Había sido asesinada allí mismo, su cadáver no había sido removido, ni arrastrado. Algo trataba de aclarar el periódico, más bien se cuestionaba, ¿qué hacía ahí, quizás fue llevada a la fuerza y otra sarta de preguntas aún sin resolver?

Julia García García, 38 años, dos hijas, de ocho y cinco, separada, actualmente convivía con un compañero de trabajo. Nunca supo el nombre de ese tipo, por algún motivo siempre creyó que era mucho menor que ella -envidia de viejo-. Sólo por intuición, nunca lo había visto, sería vergonzoso seguirlos, pero se lo imaginaba un muchachón joven, un gigoló. Una vez se lo dijo, ella lo negó, él bromeó diciendo que soltero a esa edad era para sospechar de su masculinidad, Julia rió, con lo cual quería decir que había comprobado que no era así. Rió, y le dejó esa sonrisa burlona que lo convertía en un niño indefenso, aunque igual lo enamoraba. Después de esa confesión se quedó mudo, aunque desgraciadamente lo recordaba a cada momento, por días, por semanas y como si gozara con mortificarse, repetía cada una de sus palabras.

Anotó en una pequeña libreta a su primer sospechoso, ese tipo era el más obvio, pensó, sí, sería un buen caso, respiró profundo sintiéndose ya todo un policía, de esos que resuelven todo sólo con su inteligencia, sin moverse del sofá. Otro femicidio, el año anterior fueron más de 30.

Alguien debería retirar el cuerpo de la morgue, su madre, su hermana y seguramente él. Ahí podría enterarse de quien era. Nunca había querido saber nada de su conviviente, era algo odioso, ignorarlo era sentirse superior.

Estacionó en la avenida La Paz, sin bajarse del automóvil. La intuición no le había fallado, respiró satisfecho. De lejos reconoció a su hermana y a la madre, las había visto un par de veces. La gente aguarda en la calle, parece que no hay un recinto para esperar ese momento tan difícil para cualquiera. Se imaginó el dolor, debe ser terrible, se le ocurrió. Había un hombre con ellas, pero no era para nada joven. Julia tenía un medio hermano, era mayor, se lo había comentado. Parece que se llamaba Ariel, tal vez era ese. Existía una relación extraña con él, supo de su parentesco no tanto tiempo atrás, su madre se los había ocultados a las dos hermanas por años, pero el desconocido hermano de alguna manera las ubicó. Elvira, la madre, no tuvo más remedio que confesarlo todo. Se embarazó a los 16, no era capaz de mantenerlo, lo había entregado a unos conocidos, y no supo más de ese hijo. Catalina, su hermana, tampoco era hija del mismo padre, eso siempre lo habían sospechado, pero en ese momento ambas lo confirmaron. No estaba tan seguro que el hombre se llamara Ariel, trató de recordarlo, sí, así se llamaba. Luchó por largo rato con la compulsión de acercase al grupo, presentarse, darles las condolencias, pero no tenía una buena explicación que justificara su presencia allí. No se parecía a Julia, el individuo era alto, cabello castaño claro con una incipiente calvicie, se veía acongojado, en silencio. Después de la sorpresa de la aparición de Ariel, lo habían visto algunas veces, pero Julia empezó a rehuirlo, abusaba del alcohol y al parecer también de las drogas, y se insinuaba extrañamente, como queriendo seducirla, aún sabiendo que lo hacía con su media hermana, había algo que le repugnaba en esa relación. Ariel también podría aparecer como un sospechoso, sacó su libreta, aunque no había signos de abuso sexual en la escena del crimen. —¿De dónde sacó esa conclusión?—. Bueno, era una hipótesis. De todas maneras, consignó ese detalle al lado de su nombre.

Humberto Rodríguez, así se llamaba su pareja, estaba detenido para tomarle declaración, lo supo por el noticiario de la noche. El mismo había acudido a Carabineros para informar de su desaparición cuando no llegó esa noche a casa y tampoco concurrió al trabajo. Julia lo llevaba en su automóvil desde Maipú, donde vivían en un condominio, hasta la oficina del ministerio donde ambos trabajaban. Estuvo en casa con las niñas, no durmió en toda la noche, esperándola, el celular no respondía, sólo aparecía el buzón de voz, comentó la chica que presentaba las noticias. Eso se transformaba en una coartada, pero no era perfecta, podría estar inventando todo, debería tener testigos. Sería necesario encontrar algún motivo para que le disparara. Celos, siempre se piensa en los celos en ese tipo de homicidios. El arma debería haber dejado su huella de pólvora en su vestido, apoyó el arma sobre su seno y la gatilló. Eso él lo sabía, era igual al sueño que había tenido unos días antes de la pascua, casi una pesadilla. El asesino la conocía, por eso lo dejó acercarse, probablemente ella se dejó hacer pensado que bromeaba, la llevó a ese lugar apartado contándole quizás qué, no había indicios de violencia, Julia no se defendió de su agresor, cualquier policía sacaría esa conclusión. Siempre se busca al homicida primero entre las personas que forman el núcleo familiar o de amistades. Su cartera y el teléfono celular no estaba con ella, de seguro que el agresor se lo llevó y lo tiró por ahí, se rastreaba los alrededores en su busca o quizás se llevó sus cosas para simular un robo. —No creo que ese sea el motivo del crimen—. Sólo porque no le cabía en la cabeza, no calzaba con el sueño.

Roberto conocía su morada en el condominio, Julia vivía en la última casa de un pasaje, la que tenía un jardín bastante descuidado, como suele pasarles a las mujeres que son abandonadas por sus maridos. Lo había comprobado una tarde que, desesperado por verla, había viajado hasta allá en su automóvil. En ese tiempo aún vivía sola, se había separado de Carlos. Pero en el último momento no se atrevió a golpear la puerta, se sitió avergonzado. ¿Qué podría decirle, que sólo quería saludarla? Por esos días Julia se negaba a verlo, fue una larga y amarga temporada, Roberto la bombardeada con *e-mails*, sin obtener respuestas. —Si tuvieras 40, creo que me habría enamorado de ti—. Se lo había dicho en un pequeño restaurante donde varias veces logró invitarla a almorzar. Pero más de 30 años los separaban y eso no tenía remedio. —Tú te encaprichaste conmigo, eso creo —se lo había repetido en muchas ocasiones.

Debe ser algo así, lo sabía, un capricho de viejo medio gagá. Julia era una mujer bajita, de pelo negro poco cuidado, que le caía tieso hasta los hombros, poco maquillaje, pero tenía un atractivo, su sonrisa y buen humor, pero sin una pizca de coquetería, sin embargo, después de su separación, o más bien dicho después de que Carlos la dejara, se hizo colocar prótesis en las mamas. Nunca le explicó el porqué de esa decisión, así y todo, Roberto siempre se sintió con derecho a ver sus resultados, porque aparentemente él era el único que lo sabía, pero desde luego no se lo permitió.

Casi diez años de viudez y una vida monótona. Con sus hijos y nietos poco se veían. Su finada esposa, se lo había repetido. —Se cosecha, lo que se siembra—. Escasamente había sembrado, lo tenía medianamente claro, pero es que siempre estaba metido para dentro, como si el destino pasara a su lado y lo encontrara desprovisto de herramientas para modificarlo, como un botecito de papel en una laguna, o peor aún, en el mar.

En ese tiempo Julia trabajaba en la Tesorería, donde él tenía un grado de jefatura, con más de 35 años de servicio, ella lo hacía en otra sección, Roberto buscaba excusas para acercarse a su oficina. Hicieron una buena amistad, estaba casada, con dos hijas, y él nunca le reveló de su enamoramiento. Un día le contó que quería dejar la Tesorería, postulaba al Ministerio de Obras Públicas, el sueldo era mejor. Le pidió una recomendación. Sintió un gran dolor, tampoco se lo confesó y trató de parecer amable, deseándole suerte. —Mira —le dijo, acariciándole el cabello —cuando vayas a la entrevista sería bueno que te ondularas un poco el pelo, así se te ve un rostro muy duro—. Fue algo muy especial, se recordaba sacándole una sonrisa, desde entonces usaba unas pequeñas ondas que le daban un aspecto más dulce.

Carlos la había dejado, él se fue a vivir con su madre, no se llevaban bien. No fue la primera separación, tenían mucho tiempo juntos, se conocían casi de niños, Carlos fue su primer hombre cuando aún estaban en el colegio y siguieron haciendo el amor a escondidas. Julia se tituló de contadora en un instituto, Carlos no estudiaba ni trabajaba. Cuando ella consiguió una pega en una procesadora de alimentos se fueron a vivir juntos, arrendaron una pieza, eran felices. Julia le financió sus estudios de profesor básico. Fue una larga batalla, llena de desencuentros. Su flojera terminó por aburrirla, porque a pesar de haberse recibido, no buscaba trabajo, y fue así que cada uno volvió a la casa materna. Roberto le preguntó si después de eso habían existido otros hombres, —sí —dijo, enrojeciendo —uno, sólo uno, pero nada importante y escondió la cara entre sus cabellos negros.

—Donde existió fuego —masculló, pensando en sí mismo, cuando Julia le contaba que después de un tiempo volvieron a convivir. Ella lo recibió en su casa, Carlos por fin daba clases en una escuela de Maipú. Tuvieron dos hijos, dos mujeres. Roberto le dio una larga disertación sobre las ventajas del matrimonio —es un acuerdo civil que protege a los hijos, aunque Carlos haya reconocido a tus hijos, no es lo mismo. ¿Te habría gustado conocer quien fue tu padre? Tal vez eso la desarmó, porque al poco andar se casó, tampoco se lo había comentado previamente, sólo se lo dijo al pasar, como un hecho ya consumado que no tuviera importancia.

Pero la felicidad se truncó cuando empezó a recibir *e-mails* en su correo. Una tal Gina aseguraba ser la amante de Carlos y la insultaba a diario. Él lo negó todo. Fueron meses de sufrimiento, recriminaciones, camas separadas, tratando que las niñas no se dieran cuenta. Roberto le sugirió que cambiara su correo, pero la otra se las arregló para enviarle fotografías. Ese fue el final.

¿Qué motivos podría tener Carlos para deshacerse de ella, celos? Poco probable, porque ahora estaba viviendo con otra mujer e incluso esperaban un hijo. Nunca la ayudó económicamente. Julia no quería demandarlo a la justicia por una pensión de alimentos —Pero quizás ahora lo había hecho, ese podría ser un motivo, un juez podría exigirle un pago retroactivo por todo el tiempo que llevaban separados—. Roberto, que lo tenía ya anotado en su libreta, lo subrayó. También había declarado ante la policía, pero parece que fue sólo un trámite. Podría haberla citado esa tarde, para llegar a un acuerdo, porque cerca del canal donde fue ultimada existió una especie de parque, ahora bastante abandonado. Era un buen lugar para un encuentro ya que ambos vivían más o menos cerca en Maipú.

La hora del deceso no podía precisarse. Humberto, su pareja, declaró que volvió a la casa en el Metro desde el ministerio como a las cinco que es la hora de salida. Julia le dijo, o sea le habría mentido, según él, que tenía que realizar unas diligencias. Su tarjeta Bip demostró que efectivamente usó el subterráneo -aunque si uno busca una coartada puede subir al vagón y bajarse en la estación siguiente- anotó eso en la agenda, pero aquello sería muy inteligente y no lo creía capaz. A ese tipo le tenía mala. Sabía que eso no es lo más indicado para un investigador, suspiró profundo y se sentó a pensar. Debería tomarse un trago, siempre los detectives privados lo hacen. —No sabía si ello les aclara la mente o sencillamente son todos unos borrachines, Sherlock Holmes hasta fumaba opio—. En todo caso, recordó con rabia que a él le prohibieron el alcohol. Los médicos siempre dan consejos tontos, como si el dejar la bebida le fuera a curar el cáncer que estaba tan avanzado que ya no se lo podía operar. —Yo les diría a los pacientes, fumen, tomen lo que quieran que igual se van a morir, pásenlo bien—. Pero eso no se logra tan fácilmente y se termina cayendo en la depresión. Pero él no se sentía deprimido, triste sí, pero llevaba tanto tiempo así, de antes del cáncer. Recordó una película de Akiro Kurosawa, donde un anciano al saber que tiene el tumor, como el suyo, en el estómago, empieza a acosar a una mujer joven, que también lo rechaza, pero una palabra con que ella le insulta antes de huir, le gatilla la necesidad de hacer algo importante antes de morir. Quizás podría ser encontrar a alguien que tuviera un motivo para asesinarla y que cargara con el castigo, esa misión parecía importante, como la del señor Watanabe, que así se llamaba el de la película.

—Ahora que sabes que voy a morir harías el amor conmigo —repitió la frase que había leído en alguna parte. Lo miró sin responder —jamás, no te aproveches otra vez de mí —decía su mirada, que se llenó de dolor. Porque una vez, sí lo hicieron. Para él por lo menos fue hacer el amor, para Julia quizás fue un tormento, fue algo que no quería recordar, como si nunca hubiese ocurrido, una tremenda vergüenza. Para Roberto un sentimiento encontrado, cierto que se aprovechó de su urgencia, pero lo necesitaba, lo que más necesitaba en la vida, de esa vida de mierda, de nada, vacía como la nada. Sentía remordimientos, pero igual lo repetiría una y mil veces, pero ahora enfermo, no sólo era una necesidad, más bien un último deseo —No parece tan terrible acostarse con un hombre, un hombre que ella sabe que la ama, pero las mujeres piensan o sienten o qué se yo, cosas tan distintas respecto del sexo, que por eso les es tan vejatorio.

Cuando salieron del Motel en el automóvil, Julia lloraba. Lo hacía suavemente, sin sonidos, pero las lágrimas le recorrían el rostro. Él quiso atrapar su mano, pero no lo dejó —si tuviera ahora tu millón de pesos te los lanzaría a la cara —le gritó entre sollozos. Roberto no supo que responder. No sé si sería capaz de hacer esa... esa villanía... esa maldad otra vez, masculló por enésima vez y le invadió una tristeza que lo hizo llorar, ahí sentado en su sofá de felpa rojo. —Si encontrara a quien incriminar y lo delatara —se le ocurrió —aparecería en las noticias como el hombre del sillón de rojo, o el viejo del sillón. Los diarios son tan crueles. —Parece que un buen whisky le hacía falta —y sorbió la mucosidad que se le escapada por la nariz.

Edson, tenía un apellido difícil, brasileño, paulista, estuvo como un año en la Tesorería enviado por su gobierno, rotó por varios departamentos. Era un hombrón súper simpático, sobre todo su risa estruendosa que contagiaba a medio mundo, además que cualquier cosa lo hacía reír. Muy alto, cabello crespo y la tez oscura denotaba su herencia mestiza. Los almuerzos en el casino con un grupo de funcionarios eran una chacota permanente. Nunca se le pasó por la cabeza que había algo entre el moreno y Julia. Edson era casado con una compatriota y vivían en un departamento del centro, ella estudiaba algo en la universidad, no tenían hijos.

La primera vez que Roberto la invitó a almorzar en las cercanías de la oficina, ella ya trabajaba en el ministerio, la llamó por teléfono, Julia respondió con un sí que demostraba felicidad -estaba encantada-. Roberto no conocía muchos lugares en el entorno, pero Julia lo llevó a un boliche donde a veces iba con sus compañeras de trabajo, un restaurante para ejecutivos, o sea de precios módicos. Quería pagar su consumo, Roberto la cuestionó —no seas tonta, yo gano mucho más que tú. Pero cuando sugirió que le gustaría hacerlo una vez a la semana, lo miró sorprendida —tengo otros compromisos —se excusó. Entonces, después de años, algo lo obligó a vencer su timidez.

—Es que tú me gustas, desde que te conozco que estoy enamorado—. Ella no se sorprendió con su confesión, quizás ya lo había notado. Acercó su rostro al suyo en la mesa y fue muy suave —yo te quiero mucho, pero sólo como amigo, soy una mujer casada—. Ante su silencio siguió su relato —tuve un amante y no quiero repetir la experiencia, fue penoso—. Edson había sido su amante y el tonto sin haberlo sospechado nunca.

El asunto la complicó, Edson debía volver a Brasil, su relación matrimonial era mala, de hecho, terminó divorciado, según le contaba a Julia, la brasileña era una mujer que lo asfixiaba, terriblemente celosa, lo controlaba como a un niño y ya no la aguantaba más. Todos los amantes inventan desastres sobre sus relaciones maritales, pensaba Julia. Pero no, parece que la quería de verdad, le pidió que se fuera con él a Brasil con sus hijas. En ese tiempo Julia recibía los *e-mails* de la supuesta amante de su marido, le costó tomar una decisión. Cuando Carlos al fin la dejó, Edson ya había partido. En todo caso no se arrepentía —¿Entiendes que no podría vivir una situación así otra vez?

Tiempo después Edson volvió a Chile de paseo y se reunió con Roberto y otros amigos. Conservaba su buen humor. —Esa chica que trabajaba en el tercer piso, que se fue a un ministerio, ¿han sabido algo de ella?—. Nadie en la mesa le respondió y siguieron hablando de otras cosas, Roberto, que entendió la intención de su mensaje, también se hizo el desentendido. A ese muchacho moreno no podía odiarlo, pero lo miró con envidia y revivió ese dolorcillo que le causaba el asunto.

Le costó, pero finalmente se consiguió el número telefónico de Edson en São Paulo. Quería contarle que Julia había fallecido, peor aún, que fue asesinada. Que estaba de vacaciones le respondieron —en Chile, sí, en tu país, dijo que quería viajar a la Isla de Pascua, partió hace una semana—. Abrió la libreta, pero dudó por un largo rato en registrar a Edson como un probable asesino. Era un tipo tan simpático, no lo podía imaginar haciéndole daño a alguien, menos a una mujer, a una mujer de la que estuvo enamorado. Siempre pensé que yo jamás podría hacerlo, se le ocurrió, aunque quizás... pero no... tendría que perder un tornillo o darse una circunstancia que no podía imaginar. Es sabido que el amor tiene esas cosas inexplicables. ¿Por qué el que ama es capaz de mancillar el amor asesinando a quien ama? Celos, obviamente, pero, ¿qué son los celos? —Yo no he sentido celos por Julia, envidia sí, pero ello me causa sólo pena, no rabia—. Mañana, decidió, compraría una botella de whisky. —¡Al diablo con el doctor, su cáncer y la depre! También, cigarrillos, muchos cigarrillos, total igual se iba a morir.

Llamó a varios conocidos, preguntando si alguno había visto a Edson que estaba de visita en Chile. —¿Que cómo lo sabes? —Pues que lo había llamado a Brasil—. Necesitaba saber la fecha de embarque a la Isla, averiguar por el regreso. ¿Cuántos días estuvo en Santiago? No le gustaba inculparlo, pero quizás no era casual su visita, sus deseos de saber de ella, que aparentando que no le importaba mucho, había deslizado en el almuerzo de camaradas en su viaje anterior. Sin duda, especialmente en este caso, le faltaba el móvil del crimen, como dicen los policías. No es posible venir de otro país sólo para matar a un examor, a menos, claro está, que las cosas pueden darse de otra forma, que quisiera volver a ser su amante, pareja o esposo, porque parece que sigue divorciado, y ella no aceptó y lo rechazó. Edson le rogó y en eso perdió la compostura, bueno más aún, perdió el tornillo. —No quiero tener otra vez una relación adúltera —recordó cuando se lo dijo en el restaurante —sólo te quiero como amigo —le repitió—. Había sido doloroso. Siempre que se termina una relación, uno de los dos queda herido, cuando hay una separación por motivos ajenos, como puede ser el caso de Edson, con su obligado regreso a Brasil, el dolor puede ser compartido.

Reclinó el sofá rojo de la clínica, era cómodo, pero no de felpa como el de su casa, era plástico, seguro que por que son más fáciles de asear. Apoyaba el brazo en una mesita lateral y miraba como goteaba, espesa, la sangre que le transfundían. Anemia, hematocrito de 19 —menos de la mitad de la sangre normal —le explicó su doctor —por eso te cansas al andar—. Sus dos hijos fueron donantes. Estaban asustados los muchachos, lo acompañaron a la endoscopía y se preocuparon del resultado de la biopsia más de lo que él imaginaba, también sus nietos lo visitaron. —Quizás no sembré tan poco, como sugiriera Clara, su mujer—. En una de esas es la depre que lo hace sentirse solo, con los años uno se pone gruñón, o sea un viejo estúpido. Durante un largo rato miraba caer las gotas, no estaba seguro de nada. Le quedaba poco tiempo y además tan menoscabado por la enfermedad, era un mal momento.

En el Parque del Recuerdo, siguiendo el cortejo por senderos entre las tumbas sembradas en los grandes prados, tratando de no quedarse atrás, se había dado cuenta del cansancio que todavía le producía el caminar. En su pequeño departamento las distancias no existían, al supermercado iba en automóvil y apenas si salía con una bolsa de escaso peso, además que existían escaleras mecánicas, pero en el campo santo le costó seguir el desfile detrás del ataúd a pesar que avanzaba lentamente. La difusión mediática que había tenido su muerte llenó el cortejo de curiosos, incluso había canales de la televisión. La madre y la hermana eran acompañadas por Humberto y Ariel. Carlos parece que no asistió, por lo menos no lo ubicó. Desagradable la presencia de los periodistas, vio a la hermana declarando ante la cámara. En la noche lo pasaron en el noticiero, pedía justicia y que el asesino fuera castigado con cadena perpetua. Dio sus condolencias a la familia, fue uno más entre la multitud, aparentemente no lo reconocieron. Miró a los ojos a sus presuntos sospechosos, pero no pudo concluir nada. Humberto se veía apesadumbrado, llevaba de la mano a las dos niñitas. La madre, la hermana, no, era absurdo. ¿Por qué iban a cometer un crimen? La yegua, así la llamaba Julia a la mujer que le mandaba los *e-mails*, podría ser otra eventual inculpada, pero eso fue hace mucho, en todo caso la pareja actual de Carlos parece que no era la misma, tampoco tendría un motivo. Roberto estaba convencido que podría culparse a alguien conocido, incluso de su núcleo familiar, bueno era esa su solución, la policía pensaría otra cosa, quizás.

Tenía ciertos hábitos, o mañas si se quiere, se despertaba temprano, se levantaba en pijama. En invierno además con una bata de franela y tomaba desayuno en la mesa de comedor, después volvía a la cama y veía las noticias en la televisión. Todo esto después de la viudez, antes era distinto, pero cuando se está viviendo solo, se tiende a simplificar la vida. Abandonaba la cama como a la diez, la estiraba, a veces barría y comenzaba una larga jornada, cada vez más larga, sin mucha actividad. Durante un tiempo pensó en comprar sus provisiones a diario, para sentirse con alguna obligación, pero dejó de hacerlo, tampoco lo divertía, sólo el pan lo llevaba todas las tardes, el pan duro le costaba mascarlo. La vejez es una porquería.

Estaba calentando el agua para el té cuando sonó el timbre. El conserje le indicó que tenía visitas. —¿Qué visitas, a estas horas? —La policía, —murmuró muy suave el hombre.

Entraron dos tipos con uniforme de la PDI, y credenciales colgando del cuello, eran hombres jóvenes, muy amables se presentaron. —Comisario Alejandro Rebolledo —dijo el que parecía ser el jefe—. Debería acompañarlos para una declaración en la Brigada de homicidios. Se dejó caer en el sofá, una angustia intensa lo paralizó, el corazón a mil por hora —¿Desea un vaso de agua? —le ofreció Rebolledo. —Sí, en la cocina, en la cocina —repitió—. Lo acompañaron a vestirse.

Desde ese momento no volvería a estar nunca más solo en su vida.

Lo llevaron a la Brigada de Homicidios en la calle Condell, mientras se estacionaba el automóvil policial, recordó conocer la casa donde ésta funcionaba, la había visto varias veces en la televisión, pero nunca la había relacionado con la casa del frente. Allí cuando era un adolescente vivía una chica del colegio, un colegio mixto de barrio. Ella prestaba su casa para realizar los malones. Fueron sus primeros pasos en sus relaciones con el sexo opuesto, recordaba muy bien algunos bailes, en especial el chachachá. Nunca fue un buen bailarín. Por un momento la evocación le hizo olvidar su nerviosismo, casi se sonrió. Después de una larga espera sentado en una sala donde había mucho movimiento de funcionarios que lo miraban, pero parece que no lo veían, lo pasaron una oficina algo oscura. Quizás no fue tanto rato, pero para él fue eterna. Un hombre detrás del escritorio lo conminó a sentarse. Otro individuo con un computador actuaba como secretario. Le pidieron su carné de identidad. El fulano registró sus datos, nombre. —¿Apodo? —le preguntaron, seguro que muchos de los interrogados eran conocidos por sus alias. Dirección, estado civil, actividad, profesión. No entraban nunca en materia. La burocracia había reemplazado a la mesa de torturas, se le ocurrió, pero no le devolvió la tranquilidad, ni le apaciguó el terror.

—¿Conocía usted a la señora Julia García? Supongo que sabe que fue asesinada—. Respondía con monosílabos, afirmando con la cabeza.

—En el computador de señora García hemos encontrado una serie de mensajes que usted le envió durante varios años. En el último, del 5 de enero la amenaza con matarla. No sólo eso, que además antes la hará sufrir, o sea tortura.

Inclinó la cabeza. ¿Cómo responder? ¿Cómo explicar que tuvo un sueño en el cual le disparaba justo en el corazón?

Casi tartamudeando, lleno de contradicciones intentó relatar el sueño acaecido unos días antes. Se encontraban en un parque, él le pedía un beso, parece que uno solo, ella se negaba, no era todo muy claro, como son los sueños, entonces él sacaba una pistola que Julia llevaba en su auto, lo apoyaba en el pecho, quizás sólo para amenazarla, pero finalmente le disparaba con el arma apoyada en su mama postiza.

Fue un sueño, sólo eso. Cuando al día siguiente fue a verla a su oficina en el ministerio le relató lo soñado, ambos habían reído, estaba de buen humor, como en los mejores tiempos de su amistad. Al despedirse intentó besarla en los labios, no exactamente un beso, sólo tocarse los labios, un piquito como llaman ahora. Julia no aceptó y como él insistiera lo empujó. Cayó al piso en una postura ridícula. Le costó levantarse, no cruzaron ni una palabra más y sin mirarla abandonó la oficina. No pudo relatarle a su interrogador su tristeza, su humillación, no encontraba las palabras. Al otro día le envió el mensaje diciendo que no sólo la iba a matar, como en el sueño, sino que la haría sufrir, obvio que era un decir, como una metáfora. —Yo sólo sabía quererla —balbuceó en un ataque de llanto.

—Mire don Roberto si fuera por mí lo dejaba detenido, en todo caso no puede moverse de su departamento, para suerte suya no he podido comunicarme con el Fiscal, no contesta el celular, no es la primera vez, es un tipo joven —un *playboy* sentenció en voz baja, frunciendo el ceño.

Lo fueron a dejar. Se dejó caer en el sofá, estaba extenuado, más de seis horas en el cuartel. Había tratado de leer su declaración antes de firmarla, pero no podía concentrarse, mil cosas le pasaban por la cabeza. Estaba oscureciendo cuando otra vez golpearon la puerta, se aterrorizó, debería pasar la noche en cautiverio.

Abrió, con los ojos a punto de llorar. Era una chica joven, bonita, con unos pantalones agujereados. Soy su vecina, se presentó, supe que vino la policía y que lo llevaron, todos en el edificio estamos muy preocupados, quizás yo lo pueda ayudar en algo.

Tenía una sonrisa amable. Lo acomodó en el sillón, ofreció prepararle un café, él prefirió un té. —Lo guardo en el mueble de la derecha —le gritó mientras ella afanaba en la cocina.

Se sentó a su lado, en el suelo sobre la alfombra, sólo lo miraba mientras él sorbía de la taza, con una especie de suspiros entrecortados. Después puso la taza sobre la mesita de centro, colocó su mano sobre las de él y lo miró a los ojos, como diciendo ahora cuénteme.

Se llamaba Paulina, aunque todos la llamaban Pao, había pasado a quinto año de periodismo, ahora estaba de vacaciones. Roberto con mucho pudor empezó su relato. Conocía a la mujer asesinada hace unos días, la que había salido en la tele. A veces él le enviaba mensajes por la red. —Por eso ellos creen que soy un sospechoso—. Conversaron varias horas, Roberto fue tomando un poco de confianza, se levantó y trajo la libreta donde anotaba a los eventuales asesinos. Debió explicarle la relación de cada uno con la finada. Pao tomaba nota. —Eso me enseñan en la escuela —le sonrió. Se despidió dándole un beso en la frente.

Volvieron temprano en la mañana, traían una orden de cateo, se llevaron el computador, le quitaron el celular y dieron vuelta el departamento buscando el arma homicida, más su cartera y teléfono móvil, le explicó el comisario Alejandro Rebolledo. Antes de que lo subieran al automóvil apareció Pao. —¿Quiere que le avise a alguien?—. Roberto le pidió a Rebolledo que le devolviera su celular por un momento, para sacar el número telefónico de sus hijos.

Volvieron a la casa de calle Condell, le habían colocado esposas en las muñecas, no le hacían daño, lo había visto tantas veces en la TV cuando detenían a los malhechores que se cubrían el rostro para ocultarse ante las cámaras. Debieron ayudarle para bajar del automóvil. Lo dejaron en una sala, siempre esposado, como si otra vez se hubiesen olvidado de él. El fiscal *playboy* de seguro que aún no se presentaba. En realidad, la Brigada de Homicidios era una casa común y corriente, una más del barrio, tenía el piso de *parquet*, como es su antigua casa cuando estaba casado, quizás por qué se puso a pensar en esas cosas intrascendentes, mirando los cuadrados que dibujaban las tablas bajo sus pies. Más de 30 años de matrimonio, si Clara supiera en que estaba metido -viejo caliente- evidentemente que lo increparía, ella tenía esas cosas, como que nunca entendía sus explicaciones, siempre quería salir con la suya. ¿Qué podría responderle? Lo del sueño, apenas si él se lo creía, en todo caso la policía no se lo tragaba. Los investigadores trabajan buscando evidencias. ¿Qué evidencias podría demostrar que todo fue producto de un sueño? Un sueño no se puede grabar, sólo se queda en el disco duro del cerebro, aunque muchas veces al despertar se olvida, quizás algo allá adentro nos defiende de los malos sueños.

Todas sus relaciones con Julia no pasaron de ser sueños, hermosas quimeras, salvo la vez del motel, esa no fue una de sus fantasías, lo tenía bien claro en su memoria. Julia no había podido pagar el dividendo de su casa, la amenazaban con la expropiación, necesitaba un millón de pesos, recurrió a él. Entonces la chantajeó, no podía imaginar que un hombre que decía quererla le pidiera eso, se puso a llorar. Trató de mostrarse imperturbable, se sentía un canalla, pero no cedió. Días más tarde ella le envió un *e-mail*, aceptaba, no había entre sus conocidos quien pudiera socorrerla, con tanto dinero.

Hacía años que no tenía sexo, el miedo al fracaso lo tenía nervioso, el Viagra lo sacaría del paso. —Hay que tomarlo unas horas antes —se lo había predicado un amigo, viejo como él —compra de la marca Viagra, no te arriesgues con los baratos —le dijo finalmente, dándole una palmada en la espalda.

Se juntaron a las cinco de la tarde, después del trabajo la recogió en su auto. Julia estaba muy distante, ni siquiera un beso en la mejilla. El hotel Valdivia era el más tradicional en Santiago, años más tarde fue demolido, él no lo conocía, tal vez Julia sí, con Edson habían sido amantes. No sabía cómo presentarse, se duchó, tomó un perfume, pero, después de balancearlo en la mano unos momentos, decidió que no, se sentía más culpable con esa fragancia ajena. Iría sin corbata, con esa estupidez amarrada al cuello parecería más viejo, si hubiese tenido un *bluejeans*, bueno, pero nunca los había usado, ni siquiera en su juventud, su padre decía que era ropa de gringo pobre. Tampoco quería parecer que estaba acostumbrado a esas aventuras, no, él lo hacía por amor, por esa ilusión no correspondida. Una vez ella le envió un *e-mail* con un pequeño corazón, sólo había escrito "Muac", que quería decir que le mandaba un beso, pero fue sólo una vez. Lo tenía todo ensayado, pero no contaba con su desdén, después de todo no era tan terrible, no era el primer hombre de su vida, tampoco el último. Se había aprendido el recorrido al hotel, en Bustamante, antes de llegar a Irarrázaval se dobla a la derecha por una calle chica y se entra a un estacionamiento. Por lo menos esa parte la hizo sin titubeos. A esa hora en un día de semana había habitaciones, pidió una *suite*, una pieza muy decorada estilo árabe, las mil y una noches, su única noche, o tarde da lo mismo. Se quedaron ambos de pie, la sala poco iluminada, mirando la decoración como si sólo vinieran a disfrutar del mobiliario. Trató de poner música, pero no supo hacerlo. Julia sin hablar se acercó al aparato y lo encendió. Le ofreció un trago, ella movió la cabeza con una negativa, pero después de un momento dijo —Sí, quiero un trago, lo voy a necesitar—. Sentados a orillas de la cama esperaron por el pedido, hasta que sonaron unos golpes en una especie de caja en la pared. —Su pedido —una mujer les habló a través del muro. Sin hablarse, bebieron. —Quizás, bueno, quizás me tome otro —susurró ella.

Antes que el fiscal llegó la Pao, sus dos hijos y un abogado. El fulano era un tipo rubicundo, obeso y de inmediato se puso a discutir, pues quería hablar con el detenido, el comisario fue inflexible, debería esperarse al fiscal. Sólo uno de sus hijos fue autorizado a pasar. Lo vio con las manos encadenadas y le costó contener el llanto. Lo abrazó y su rostro demostraba perplejidad. —¿Qué? Pero, ¿qué estaba pasando?—. Pao les había resumido los motivos, pero no podían explicárselos. Roberto levantó los hombros, no sabía qué decirle, que tenía una amiga, no una amante, una amiga que fue asesinada y que era un sospechoso según la policía, que a sus años tuviera un amor secreto por una mujer 30 años menor, él, que parecía un anciano achacoso y gruñón. —Después, después, por ahora necesito reflexionar, no sé cómo abordar el asunto —quiso decir. Con sus dos manos que se separaban un poco entre las esposas atrapó la de su hijo y cabizbajo murmuró algo incomprensible mezclado con un gemido.

Debería pasar la noche en la Brigada, Pao le trajo una frazada. El gordiflón fue autorizado a conocer a su cliente. Por más de media hora hizo su relato. El asunto del sueño, que para él era muy importante, para el abogado no mereció una buena excusa. Necesitaba conocer los contenidos de su PC y del celular. Al día siguiente sería formalizado.

Lo pasaron a una pequeña sala, una celda, le retiraron las esposas y se sobó las manos por un buen rato, increíblemente le dolían más los hombros que las muñecas, le habían enlazado las manos por delante y parece que el no poder mover los brazos le produjo algo más arriba. Se sentó en una especie de banca de cemento, aún no descubría que sobre ella debería dormir por la noche, era dura como piedra. A pesar de ser verano estaba helado y húmedo. No sabía qué pensar, se le amontonaban los recuerdos. Era urgente encontrar alguna coartada y buscar un asesino. No tenía su libreta de notas que se quedó en casa, pero memorizaba todas sus anotaciones.

Todos habían sido interrogados y habían zafado, menos él. —¿Qué hizo la tarde y la noche del jueves?—. No lo tenía claro, permanecí en el departamento, le había respondido al comisario. —¿Tiene algún testigo? —No, vivo solo, no conozco a nadie, bueno salvo a los conserjes. —Ellos no pueden testificar que usted estaba en su departamento. ¿Tiene un estacionamiento en el subterráneo con portón automático? Ve, si sale en su auto los conserjes no se pueden enterar—. Pao era su vecina y ahora casi su amiga, pero en ese momento aún no la conocía, tampoco en eso lo podía ayudar, tal vez fue al supermercado ese día, de eso uno no se acuerda.

No durmió, era presumible, sin almohada es imposible a su edad, el cuello se pone rígido encorvado hacia adelante, por más que se intente no se extiende. Cuando le hicieron el *scanner* le ocurrió lo mismo, pues también era una mesa dura, pero allí amablemente le pusieron un almohadón. Pasó frío.

Algo ocurría con su conciencia, le era imposible concentrarse. Las imágenes se sucedían rápido, recuerdos, Julia, el sueño apoyando la pistola en su pecho. Su situación actual le resultaba imposible de definir, el futuro, el futuro era el cáncer, eso lo tenía asumido, aunque no estaba triste por eso, de algo tenía que morirse, pero unos dos o tres años más, un poco más de vida, aunque fuera para sólo vivirla, pues qué otra cosa podría hacer, sin Julia. ¿Qué quedaba? Sólo calamidades.

Lo trasladaron en un vehículo de Investigaciones, otra vez esposado, directo a la cárcel Santiago-Uno, donde van los imputados al tribunal. Dos gendarmes lo custodiaban, lo dejaron sentado en una pieza también vacía. Pasaron varias horas esperando que lo llamaran de la sala, uno de los custodios salió a fumar, y se escuchaba su risa conversando con alguien. Una sonajera de tripas le recordó que no había ingerido nada en más de un día, un malestar en la boca del estómago, justo donde estaba el tumor desgraciado. —No les parezco un delincuente de temer, hasta podrían dejarme solo, no sabría cómo escapar, pero los patos malos se las arreglan para huir —se sonrió pensando en una absurda escapatoria, aunque no había nada para sonreír, se dio cuenta que la congoja otra vez lo dejaba en blanco, no había como sacársela de encima. Tres horas más tarde lo llevaron a la audiencia. Le pusieron un chaleco amarrillo. Lo sentaron muy cerca de la puerta por donde entró, siempre con las esposas en las manos, movió los hombros tratando de desentumecerlos. En la sala había muy pocas personas, en el otro extremo estaban los familiares de Julia. No quiso mirarlos, de reojos los había visto al pasar. En la noche había pensado en ellos, recordó que en el cementerio no lo habían reconocido, ahora era distinto. Sentía vergüenza, un viejo detrás de su hija. ¿Quién podría haberlo imaginado?

El fiscal era un muchacho joven, pero bajito, tenía el aspecto del típico chico peleador que trata de compensar su estatura con agresividad. No supo si ese era el *playboy* que citara el comisario. Se esperaba al juez, pero resultó ser una jueza. No le gustó que fuera una mujer, que la víctima fuera de su mismo sexo suponía una desventaja. Era de mediana edad, pelo muy negro y liso, más corto que el de Julia, con unas ondas su rostro se veía más dulce también.

Después de algunas formalidades el pequeño energúmeno empezó a exponer. Su abogado tomaba algunas notas, Roberto escuchaba asombrado. Julia falleció por una herida de bala que atravesó su corazón, la bala fue disparada a corta distancia, entró por el hemitórax izquierdo bajo la escapula y salió por la pared anterior fracturando la sexta costilla. Entonces le dispararon por la espalda. —Yo juraba que fue de frente con el revólver apoyado en el pecho—. ¿De dónde había sacado esa idea? —Había otra bala de calibre 38 alojada en el muslo derecho—. Todo se derrumbó para Roberto, aparecían antecedentes desconocidos. En el "Callejón de los perros" habían encontrado su automóvil estacionado, como no se disponía de las llaves, los carabineros tuvieron que intervenir para abrirlo, en el portamaletas se encontró un paquete de regalos, contenía un taladro eléctrico, la boleta de la compra indicaba que había sido adquirido a las 18 horas y 13 minutos en el Homecenter de Maipú. También había retirado cien mil pesos con su tarjeta Redcompra. La policía interrogó a todas las cajeras, ninguna recordaba haber atendido a la occisa, tampoco reconocieron la foto de Roberto. Desde allí se trasladaron a las inmediaciones del canal Ortuzano, donde se encontró el cadáver. Lógicamente no existiría un motivo para ese viaje, hay varias cuadras de distancia, incluso alejándola de su casa. Sólo cabe la hipótesis de que fue obligada por su asesino. —Este hombre —miró fijamente a Roberto, hizo una pausa para darle énfasis a su acusación, —la obligó o la llevó engañada a las cercanías del parque a orillas del canal, ambos se conocían, no podía ella sospechar nada, por eso no pidió ayuda o gritó, tampoco se defendió de su agresor, quien por la espalda le disparó dos veces. Presumiblemente el mismo la acompañó a comprar el taladro, las mujeres no dominan habitualmente eso de elegir herramientas. Como ha declarado su conviviente al día siguiente él estaba de cumpleaños, por eso ella no lo llevó a casa esa tarde después del trabajo, comprar un regalo debe ser una sorpresa.

—¿Le gusta maestrear? Regálale una herramienta, un taladro, a todos los hombres nos gustan esas cosas, pero siempre nos regalan ropas que uno no elige, como yo cumplo en invierno me llenan de chalecos—. Lo recordaba perfectamente, el día que cayó al suelo humillado, la última vez que la vio, cuando sólo le había pedido un beso, uno pequeño, de esos que simulan serlos, aunque apenas se rozan los labios. Se juntaban tantas cosas, bajó la cabeza, todas trágicas, una cadena de desastres. Él le había sugerido lo del taladro, por suerte eso no lo sabía el pequeño fiscal.

La larga lista de sus *e-mails* y llamados telefónicos de su celular y el de Julia fue la guinda de la torta. —Un vejete degenerado —otra vez hizo una pausa, para tomar aliento, —este individuo la persiguió por años, a una mujer casi 35 años menor que no aceptó ser su pareja. Por un millón de pesos ella debió acceder a sus requerimientos para no perder su casa—. Roberto prefirió no oír más, se sitió culpable. El fiscal pidió prisión preventiva como medida cautelar. —Un hombre así es un peligro para la sociedad—. ¿Él? ¿Un peligro?

Impecable conducta anterior, además de un cáncer del estómago avanzado, que según los especialistas no tiene una sobrevida de más de seis meses, fueron los argumentos de su abogado. Una supuesta amenaza de muerte un día antes del homicidio no constituye prueba, no se tiene el arma homicida, su defendido nunca ha poseído una pistola, no hay testigos que lo incriminen, las especies que fueron robadas no se encontraron en su departamento, que un hombre viudo, no importa su edad, se enamore de una mujer es algo normal, no lo transforma en un delincuente y menos en un degenerado, como apuntó el fiscal, agregó el gordo, con el rostro enrojecido. Parecía enojado, presumía que tenía perdida la partida.

Noventa días para la investigación determinó la jueza, sin cambiar la expresión del rostro, parecía aburrida de una audiencia tan larga. Noventa días que debería pasar recluido en la cárcel. Dos gendarmes lo pusieron de pie y lo sacaron con rapidez por la misma puerta por donde entrara tres horas antes, ni siquiera pudo darse vuelta para hacerle un guiño a sus hijos. Recordó la casaquilla amarilla grabada en la espalda, lo había visto varias veces en la televisión, atrás tenía escrito algo, no recordaba bien, parece que "inculpado", pero era algo que lo transformaba en maldito ante la sociedad.

La cárcel, una vez había visitado a un amigo en la penitenciaría, fue una experiencia no traumática en ese entonces, sólo miró con curiosidad lo que allí acontecía. Era un día de visitas, los reos improvisaban carpas con frazadas y otros enseres, sus parejas se ocultaban dentro y se supone que tenían relaciones. Su amigo, un doctor condenado por practicar abortos, se veía diferente a los otros reos acostumbrados a entrar y salir de las cárceles. Parecía un pollo en corral ajeno. ¿Cómo sería recibido por el resto de los presos? También sería un pollo, un pollo indefenso en un gallinero donde manda el más fuerte, hay historias que cuentan que los primerizos son violados y otras barbaridades.

Caminaba por un laberinto de pasillos, que lo llevaba a su nueva morada por noventa días, toda una vida para él, lo que le quedaba de vida.

Dibujo de una celda de Santiago-Uno realizado por un imputado que gentilmente nos lo ha facilitado. Su nombre queda en reserva por razones obvias.

II

Tras la puerta, un enredo de pasillos blancos, como recién pintados, rejas y más rejas celestes. Cuando niño había visto chicas vestidas de blanco y celeste haciendo mandas a la Virgen de Lourdes, bueno, no tenía nada que ver, pero se le ocurrió. Se veía todo tan limpio, tan distinto a la vieja penitenciaría, por algún motivo se sintió aliviado, siempre le había gustado el orden.

Pero faltaba lo peor, el registrarlo como detenido, quizás no lo peor, después de todo ignoraba lo que podía acontecer cuando lo llevaran con los demás reclusos, no lo imaginaba mejor. En todo caso fue lo más duro de ese día. Lo hicieron desnudarse, buscaban tatuajes, cicatrices, deformidades, sacarse la prótesis dental, alguna seña que les permitiera reconocer su cuerpo en cualquier circunstancia. Lo fotografiaron y guardaron las huellas digitales de todos sus dedos. Después debió vestirse con su propia ropa. No lo había pensado, en las películas los presidiaros llevan un traje a rayas. Lo asignaron al Módulo 3. Otra vez pasillo blanco, a su derecha un muro alto imposible de escalar, sobre él mallas de alambre de púas y una caseta de guardias. Cuando se toma la ruta del Sol, camino a la costa alguna vez había visto el murallón de ladrillos, por fuera todo es tan distinto, aunque tan cercano, se puede escuchar el paso de los automóviles y los camiones que resuenan a fierros golpeándose. Uno nunca piensa que allá dentro existe otro mundo. Por un largo patio, como en las poblaciones que se construyen para reemplazar los campamentos, se alineaban los módulos, cada uno con su reja de fierro celeste, en su interior otro pasillo y un patio. A derecha e izquierda dos pisos de celdas, al centro y elevada otra caseta de guardias.

A esa hora los internos, como eufemísticamente se llama a los presos, deambulaban por el patio, casi todos muy jóvenes, unos pocos viejos se agrupaban en una esquina, pero la mayoría se paseaba conversando, llegaban a un extremo y reanudaban la marcha, como si el tema fuera tan importante como el valor de la bolsa de Londres, algo había que solucionar rápido, por eso se movían con urgencia. Noventa días, noventa días, quizás también se pasan velozmente. Hay que tomarlo así, pero el primer día se lo vislumbra eterno.

La celda en el segundo piso estaba abierta, ropas y enseres de sus moradores le confirmaron que no estaría solo. Había dos marquesinas de cemento ancladas a la pared, una encima de la otra como los camarotes, sus nietos cuando pequeños tenían unos camarotes de colores muy vivos. Estaban cubiertos de frazadas. Le entregaron una colchoneta, debería dormir en el suelo. Se sentó en el camastro de abajo y al rato le caían las lágrimas, caían solas, sin gemidos, aparentemente sin llanto.

A las cinco todos debían volver a sus jaulas, dos hombres entraron a la habitación, un muchachón de unos veinte años, moreno, con el cabello cortado a lo futbolista y una exigua barba que lo afeaba. El otro tendría más de cincuenta, le faltaban algunos dientes arriba y abajo, también sin rasurarse. Sintió que no lo miraban bien, compartir los tres o cuatro metros cuadrados con otro no les causaba ningún placer. —Hola —dijo el mayor, sólo eso, después se hizo un largo silencio—. Roberto de pie no sabía dónde ponerse, sentía que molestaba, ellos se habían tendido en sus camarotes, como si él fuera invisible.

—Me llamo Roberto —dijo al fin —parece que deberé compartir con ustedes la pieza, lo lamento, espero no causarles molestias, es la primera vez que estoy en estas cosas.

—Soy Manuel —dijo el mayor, carraspeando, —él —apuntando al joven sobre la litera superior —es Toño. Aquí todos somos primerizos. No te preocupes por dormir en el suelo, a todos nos ha tocado, es tan duro como esta huevá. En otros módulos a veces hay cinco o más. En el primer módulo, el de los maricones no sé, pero hay como doscientos huevones apiñados.

Se sentó y después se tendió en la colchoneta, le dolían las piernas y las tripas continuaban su concierto, dos días sin comer, sin tomar agua, recordó y se acercó al pequeño baño y bebió agua del lavatorio con la mano. Debería conseguirse un vaso, pensó mirándose los pies, bajo el lavatorio una taza de baño, limpia por suerte.

La noche, dos cobertores, almohada y sábanas, pensamientos inconexos dando vueltas, no podía concentrarse, noventa días eternos, la colchoneta de escasos cinco centímetros de espesor, y los huesos de las caderas clavándose en el cemento. No supo cómo ni cuándo, pero se quedó dormido.

Desayuno. Una larga fila de hombres con un jarro en la mano desfilaba frente a un mesón. Él no tenía vaso, tampoco era capaz de pedir un prestado, pero se devoró un sándwich de mortadela.

—Esta es una cárcel concesionada —le explicó Manuel —aquí hasta nos dan sábanas, también la comida, está prohibido que los familiares nos traigan nada para comer, aunque siempre entra algo —se rió —un negociado más de los políticos. ¿A que no sabes quiénes son los dueños de la cárcel? La Soledad Alvear y la Bachelet, aquí todos lo saben—. Roberto más repuesto después del emparedado, hasta se sonrió. —¿De dónde sacas esas ideas? Las concesiones son públicas, son varias las empresas de servicios que han postulado y ganado, la de Santiago-Uno ha sido muy cuestionada y ha debido pagar multas, como estaba establecido por contrato—. Manuel levantó los hombros. —Aquí todos lo saben —repitió.

Hay personas que gustan de los mitos, inventan y hasta creen en cosas absurdas, que el hombre nunca llegó a la luna, que la NASA guarda en secreto extraterrestres -se encontró pensando- mientras deambulaba por el patio de un extremo a otro, aunque mucho más lento que el resto.

Al tercer día tenía jarro, recibía sus comidas en una bandeja, heredó la cama del Toño, que fue trasladado, supo que por cien lucas podrían conseguirle un celular. También malas noticias, Manuel llevaba más de seis meses en el módulo, cuando su juicio oral debería haberse efectuado en sólo sesenta días. —Algunos pasan años esperando ser enjuiciados —apuntó Manuel, cabizbajo.

—¿Años?

—Sí años, esta porquería no funciona, los fiscales se quejan que están colapsados, además que los jueces de garantía abusan enviando gente a la cárcel por puras huevadas, por ejemplo, tú. ¿Crees que eres un peligro para la sociedad, por qué te encerraron?

—Homicidio —dicen que maté a una mujer que conocía de dos balazos por la espalda.

—Bien cargao estái, con esa cara no me lo creería. ¡Penca! Pero igual hay que defenderse. Tendrás que conseguirte un buen abogado, los defensores públicos podrían cagarte por siglos, son como la mierda, pero hay que tener cueva, porque está lleno de leguleyos que sacan plata y no hacen nada, así es la vida en la cana. Y, ¡déjate de tomar caldo de cabeza! Aquí hay que portarse bien machito o estái cagao, no sacái naa con darle a la pensadera, si tenís plata podí conseguir muchas cosas, hasta una tele pa matar el tiempo.

Tenía visitas los jueves, llegaron sus dos hijos y Pao, el abogado no podía asistir, tenía que estar en otro tribunal a esa hora. Le llevaron sándwiches de carne, que eso estaba permitido. —Aquí la comida no es mala —les dijo. Novedades del proceso no había, el abogado Loyola aún no conseguía que la corte le entregara más antecedentes por el momento, pero era cosa de días le recalcaron, parece que para darle ánimo. No había mucho de qué hablar. Salvo el inspector de la policía, nadie se había atrevido a preguntarle si tenía algo que ver con el homicidio, pero la pregunta flotaba en el aire. Sólo hicieron consultas sobre su estado de salud, o qué necesitaba, si le podían traer algo para divertirse un poco, después se hacía un silencio que trataban de disimular con sonrisas forzadas. Pao le tomó las manos y casi le susurró que en la universidad estaba consiguiendo una credencial que le permitiera entrar a la cárcel para realizar su memoria de título, había que pedir permiso por escrito con la firma del rector, pero su profesor guía de la tesis la apoyaba y parece que tenía conocidos que podían ayudar.

Antes de una semana Pao podía entrar a la cárcel, sin cámaras, sin celular ni grabadora, sólo un cuaderno y lápiz. Los dejaron en una sala pequeña. Se veía muy sobria con un vestido obscuro, parecía una persona mayor. Le traía su libreta de apuntes. ¿Cree que alguno de éstos puede ser el asesino? Le dijo pasando el dedo sobre los nombres que él había anotado.

Durante largo rato estuvieron analizando uno por uno a sus sospechosos. El primero Humberto. —¿Por qué? —inquirió la Pao—. Sólo por tinca, la verdad es que nunca me cayó bien.

—¿Le tenía celos? Porque en el juicio quedó claro que usted estaba enamorado de esa mujer.

Bajó la cabeza, avergonzado. —En estos días he pensado mucho, no hay otra cosa que hacer, tomar y tomar caldo de cabeza, como dicen aquí en la cana —esbozó una especie de sonrisa, con los ojos humedecidos—. Sí, creo que eran celos, me cuesta admitirlo, a mi edad celoso, no es muy respetable, supongo.

—¿Recuerda lo que dijo su abogado en la audiencia? No es un pecado enamorarse, no importa la edad. Me he contactado con él, pedirá una apelación a la corte sobre la medida cautelar, verá que pronto podrá volver a casa con arresto domiciliario. Creo que podré investigar algo sobre Humberto, el hermano de mi novio tiene un amigo detective que podría ayudarnos, tenga un poco de paciencia y no pierda la esperanza.

—No pierda la esperanza —le quedó sonando, mientras intentaba dormir, escuchando el ritmo de los ronquidos de Manuel. A pesar de ser verano sentía frío, en el muro al lado de la cama había tres ventanucos apaisados de más o menos diez centímetros de alto y quizás un metro de largo, sin vidrios por donde entraba la noche, en el otro extremo la puerta metálica con un agujero para que el guardia introdujera el ojo vigilante. A veces se escuchaban gritos y hasta cantos de los reclusos acostumbrados a entrar y salir de la prisión.

Su desvelo poco incursionaba en el futuro, sólo los recuerdos se revolvían en el consomé cerebral mezclando desventuras con pequeñas alegrías, su matrimonio, su viudez y Julia, ella se aparecía en todo. Era a veces tan nítido, como si hubiese acontecido ayer: Se habían sentado en esa cama increíblemente ancha, sin tocarse, bebieron el trago en silencio y se acrecentó su temor a no funcionar, a pesar que un calor en sus mejillas le informaba que el Viagra hacía su trabajo. Pasaron unos minutos interminables, el tiempo también se acorta y alarga, evocó en su chifladura por las teorías de Einstein. —Yo estoy lista, quiero irme a casa luego —lo interrumpió Julia. Su rostro era neutro y duro. —¿Debo desnudarme?—. No supo qué contestarle, sólo levantó los hombros. —Prefiero que apagues la luz. Tiró los zapatos sobre la alfombra y se estiró en la cama. Él hizo lo mismo a su lado. Algunas tenues ampolletas diminutas se negaron a desaparecer y podía distinguir su rostro. Su primer lance sexual a los quince años había sido con una prostituta de la calle San Martín, no quiso sacarse el sostén y obviamente fue sin besos, no debe haber durado ni diez minutos. Se acercó a su cuerpo y le acarició el cabello, eso bastó para sentir por fin una erección. Bajó por sus hombros y quiso retirar su blusa, pero Julia se sentó y tiró su blusa y sostén a la penumbra, sus senos eran pequeños y posó sus manos sobre ellos y acercó la cara a su pecho. Quería demostrar su amor en cada movimiento, era el instante de manifestar todos sus sentimientos. Arrimó su boca a sus labios cerrados, humedeciéndolos con mucha suavidad hasta que por fin se fueron aunando sus salivas. Julia le ayudó a retirar sus ropas y cuando ambos estaban desnudos, lo abrazó. El recuerdo recidivante de ese momento compartiendo su piel lo solazaron mil veces en los años siguientes y a su vez lo amargaba el no entender por qué nunca le permitió repetirlo. —Ahora que sabes que voy a morir, ¿harías el amor conmigo?—. En alguna parte lo había leído.

Pao trajo noticias. Humberto no tenía antecedentes de ningún tipo, dijo el policía amigo. Ella lo había visitado en su casa en el condominio de Maipú, inventado que era una reportera de la revista Cosas. El tipo le pareció verdaderamente apenado, no sabía qué hacer con su vida. Seguía viviendo con las niñas que lo querían mucho, pero como no eran sus hijas podrían ser reclamadas por su padre o por su abuela, que por otra parte no tenían los recursos económicos para mantenerlas. Él pensaba que quizás podrían vivir todos juntos, ya que la casa la heredaban la abuela y la hermana por eso del seguro de desgravamen.

—Igual deberían vigilarlo —susurró presa de un fastidio sin razón.

—Celos, don Roberto. ¿Qué podemos hacer? —sonrió Pao. —Espero que no le importe que entreviste a su compañero de celda. Se supone que estoy haciendo una tesis sobre ciertos aspectos de Santiago-Uno y no sobre su caso, no quiero despertar sospechas, incluso deberé incluir otros módulos. A sí es que no se me ponga celoso. ¿Por qué está Manuel detenido y además tanto tiempo?

—No lo sé, aquí no se preguntan esas cosas, todos son inocentes, unos santos, nadie confía como para contar la verdad, cualquiera pudiera ser un soplón.

—En todo caso mi tesis tiene que ver con los largos plazos que demoran en ir a juicio y que las detenciones preventivas se alargan por meses y hasta por años. También he sabido que Santiago-Uno está sobrepoblado, que han tenido problemas de inundaciones por fallas en las cañerías y mal trato de los gendarmes.

—Debe ser cierto, no lo sé, casi no me comunico con nadie, pero debes tener cuidado, aquí hay muchos tipos muy malos, están por violaciones y homicidios, como yo —se sonrió levantando los hombros, no lo había pensado, —todos te dirán que son inocentes, yo también, aunque en verdad me siento culpable.

—¿Culpable de qué?

—No te lo puedo decir, no lo sé muy bien, pero en las noches repaso y repaso mis relaciones con Julia. En el juicio escuchaste que le pagué por una relación sexual, que la chantajeé, que la hice sufrir y que en mi sueño le disparé. También pienso que ella me quiso un poco, aunque sea un poco. Quizás es la angustia que me lleva a confundir las cosas, con lo de mi cáncer me da lo mismo que me condenen, no me queda mucho de vida, tú sabes, aunque a mis hijos y nietos no les gustaría que yo sea el asesino. Creo que de alguna manera yo la maté.

El abogado volvió días después, la corte aún no fallaba sobre la petición de rebaja de la medida cautelar. Manuel le hizo repetir palabra por palabra todo lo ocurrido con el gordo rubicundo. Su conclusión fue que el tipo era un chanta. —Vienen por cinco minutos con un maletín negro donde se supone que traen tus antecedentes y que yo creo que lo rellenan con calcetines, y te cuentan un cuento, siempre están apurados porque tienen que concurrir a una audiencia del tribunal, ¡mentira! Sólo saben sacarle plata a la familia.

Esa tarde la comida había sido tallarines con salsa, no estaban malos, quizás un poco ácidos. No le sentaron muy bien. Se dio muchas vueltas en la cama como todas las noches; por los ventanucos del muro se filtraba una brisa suave y el paso veloz de los automóviles por la avenida Isabel Riquelme, la costanera de los pobres, y ese zumbido de cada carro no lo dejaba dormir, los camiones al pasar parecían soltar su carga de fierros en el pavimento. Cuando murió su mujer también se desvelaba, por meses repasaba pequeños detalles de su vida, noche tras noche. Eventos sin trascendencia del quehacer cotidiano regresaban a la memoria, conversaciones que cobraban importancia como premoniciones. Los primeros días las remembranzas lo aguijoneaban sin descanso, querían atormentarlo o algo así, pero igual las evocaba con un dejo de un placer masoquista. Se sentía culpable de algo indefinible. Pero, ¿culpable de qué? Después de todo ella murió de una falla de sus gastados pulmones, con una larga agonía provocada por el cigarrillo. Muchas veces lo habían hablado con Clara. ¿Quién partiría primero? ¿Quién dejaría al otro masticando penas? Sin saber qué acontecería en el futuro, ahora sin esa compañía con pocos sobresaltos de casi 30 años. Pasaron meses para que los recuerdos se fueran distanciando, para poder invocar los instantes placenteros de su convivencia, que fueron muchos. Si pudiera resumirlos, ponerlos en una balanza, debería señalar que fue feliz. Es cierto que nadie se lo preguntó nunca, pero cuando no se puede dormir uno se inventa conversaciones con otro y le responde a ese imaginario. —Sí, fui feliz, pero no sé lo que pasó después.

No era por el escándalo de los autos bordeando inclementes el Sanjón de la Aguada, esta noche algo especial en el aire, en la penumbra, en el abdomen, en alguna parte lo tiene tremendamente incómodo, quizás Julia sea la culpable, no ella no, esa tozudez de perseguir lo imposible, una chica tan menor, y uno cada día más viejo y más estúpido. —¡Por la mierda! Unas pocas veces creí, lo juro, que también sentía algo por mí, otras tantas, fue tan frustrante, me dejaba botado, esperándola en la calle, sin siquiera responder el celular; había comprado entradas para el Municipal y sencillamente no llegó: *Cavalleria & I pagliacci, due storie d'amore non corrisposto.* A los jóvenes no les gusta la ópera. Un eructo ácido producto de la salsa de tomates y un dolorcillo en la boca del estómago. Se sentó en la cama. Manuel roncaba plácido, quizás ya había perdido toda esperanza de dejar la cárcel. Sintió unas fuertes arcadas y se lanzó del camarote. Alcanzó a apuntarle al retrete para vomitar tallarines y sangre. Un sudor frío le bajó de la frente al pecho y se le doblaron las rodillas.

Dos gendarmes, con muy pocas ganas lo subieron a la ambulancia. A la hora de desayunar Manuel lo encontró en el piso inconsciente. En enfermería el auxiliar le instaló un suero, a esa hora no había médico en el hospital carcelario. Lo trasladaron a la Posta Central, sin esposas. —No saben que soy un peligro para la sociedad —se preguntó mientras recuperaba la lucidez.

La urgencia estaba llena, colapsada, decían con frecuencia en la tele, pero lo pasaron rápido a una sala donde en varias camillas había ancianos amarrados a las barandas de contención recibiendo sueros, se movían inquietos, algunos vociferando improperios de grueso calibre. Sus custodios con ametralladoras cortas en las manos se parapetaron en su cercanía, uno en la puerta de la sala, el otro a su lado. —Soy muy peligroso —alcanzó a hilvanar, pero sintió que oscurecía, que estaba muy liviano, que un cuerpo flaco, el suyo, se quedaba en la cama y él partía volando. Quizás Julia no murió de inmediato, quizás dejó su cuerpo sobre la arenilla y se elevó mirando a su asesino que hurgueteaba en sus pertenencias buscando el celular, necesitaba ver su rostro, era lo que necesitaba descubrir, pero un pinchazo en el brazo le hizo abrir los ojos, le tomaban exámenes. Una doctora jovencita intentaba interrogarlo. —Tengo cáncer en el estómago —dijo con una voz bien entonada, como si hubiese recobrado toda su energía.

Lo subieron a una habitación compartida con otros cinco hombres, era muy clara y el sol del verano entraba entero por sus ventanas, enfermeras, doctores y estudiantes atestaban la sala. Apenas acostado, con una cadena le ataron una pierna a un barrote de la cama. Una transfusión de sangre empezó a gotear con rapidez y una tripa de goma en la nariz le extrajo un líquido negro del estómago. Se relajó y con los ojos cerrados quiso otra vez ver al asesino, pero se vio apoyando la pistola en su seno, en esa prótesis mamaria que nunca le permitió acariciar y el sonido seco de la bala le hizo dar un salto tironeando la cadena y soltó un grito. —¿Qué pasa?—. El guardia a su lado, le sacudió el brazo. Lo miró asustado, el índice en flexión parecía aún apretar el gatillo. —Estaba soñando —se disculpó.

Más tarde Pao y sus dos hijos estaban a su lado. De pie al cada lado de la cama, lo acariciaban para darle ánimo, no había mucho que decir.

La noche fue muy movida, entraban y salían personas, unos artefactos pequeños que regulan el goteo de los sueros hacían sonar sus alarmas a cada instante. Era imposible dormir, o por lo menos difícil, tampoco era posible concentrarse en algún pensamiento, quizás sólo en la posibilidad de morir, frente a su cama un paciente parecía estar agonizando, Roberto cada cierto rato abría los ojos para ver si todavía respiraba.

Si él fallecía ahora el crimen nunca sería aclarado, para todos quedaría sindicado como el asesino, parece, o eso creía, que no había otra línea investigativa. Quizás Pao es la única que cree en su inocencia; iría a entrevistar a Carlos, le había deslizado antes de partir. Ni siquiera cuando la mañana se asomó por las ventanas se apagaron las luces de la sala, estuvieron toda la noche encendidas.

Más tarde entraron varios médicos deteniéndose a los pies de cada cama, revisando hojas y señalando tratamientos o conductas a seguir. Su vecino más grave fue trasladado a otra sala. A su turno, la doctora joven que lo atendiera el día anterior, anunció que sería sometido a una endoscopía para intentar contener la hemorragia, que al parecer había cesado y que después sería devuelto al hospital de la cárcel. Le faltó decir que no había ningún tratamiento a seguir, se quedó pensando, pero no había nada que alegar, sería como volver a casa, además que podrían quitarle la cadena de la pierna. Cerró los ojos, tratando de dormir, pero no, siempre había algo que se lo impedía.

Lo dejaron en una sala grande con 6 camillas, que era la enfermería o quizás el hospital de la cárcel. Una enfermera lo recibió con mucha amabilidad, le tomaron sus datos nuevamente y ahí se quedó esperando.

Esperando. —¿Qué podría estar esperando? —se le ocurrió. Morirse, no, no tenía ninguna intención de morir, aunque tampoco de vivir. El señor Watanabe, el de la película, cuando sabe que le queda muy poca vida cambia completamente su rutina y decide hacer algo grande por la sociedad. Él por lo menos cambió más que su rutina, porque de su departamento ahí en Ñuñoa a la cárcel, el salto fue inmenso, pero, ¿qué beneficio que podría dar él a la sociedad? Confesar el crimen y dejarlos a todos felices, a los diarios, a la tele y, sobre todo, a la familia y a la policía, un caso solucionado cuando todos tienen la sospecha que nunca se descubre a nadie. Roberto estaba convencido que eso es falso, por algo están atestadas las cárceles, aunque aquí todos dicen ser inocentes, hijitos ejemplares de madres sacrificadas que desfilan día a día en largas colas a la hora de las visitas.

—¡Por la puta! —también me he puesto procaz en este antro—. Pero es que me hace falta la oscuridad, las luces de los pasillos siempre encendidas ¡Qué porquería! La camilla es estrecha, se da muchas vueltas buscando una posición adecuada. Desde hace mucho tiempo, parece que desde que enviudó y se desvela, cuando cierra los ojos, siempre piensa en Arica. Una sola vez visitó la ciudad, tan seco y terroso todo, de cartón piedra, extrañaba tanto la vegetación, hace falta agua, si la hubiera en abundancia quizás sería selvático como Brasilia o Río que están a la misma latitud. Y ese mar que tranquilo se mueve, desde siempre y para siempre, te promete un futuro esplendor. Nadie parece haber entendido el mensaje, no era sólo poesía, fue algo profético, la energía de las olas, de día y de noche trabajando, no así la energía solar, y ya se utiliza con éxito en otros países porque es capaz de desalinizar el océano, 4.000 kilómetros de costa. Pequeñas centrales ubicadas en caletas aisladas lejos de las playas turísticas, inyectando cientos de toneladas de agua para regar el desierto. Si le quedara vida, pero ya no le queda, quizás podría escribir un libro, un manifiesto a las autoridades para regalarles sus ideas, un Watanabe chilensis, "antes de irme, o antes de morir". —Así podría llamarse—. Viejo loco, soñador, además de asesino de mujeres. ¿De qué nos quiere convencer? Los locos han sido el motor del mundo, muchos han muerto sin ser reconocidos en su momento. En viejas mazmorras han dejado su mensaje en paredes que el hollín y la humedad han ocultado. —Será que la depre otra vez me está acorralando—. Pero en esta prisión no podría rayar las murallas, están recién pintaditas, blancas y celestes con los colores de Lourdes. —Por suerte nada me duele, este tumor ha sido silencioso.

Algunos días más tarde volvió a su celda, Manuel había sido trasladado o quizás lo mandaron a su casa o condenado por algo que le cargaron los fiscales. Se acostó en el camarote de abajo, era más cómodo que tener que escalar a la cama superior, pero era un buen compañero Manuel, le contenía en eso del caldo de las amarguras. Se hizo la firme promesa de dedicar sus pensamientos al asunto de la energía de las olas, a la locomoción eléctrica para las grandes ciudades, a los viejos trolebuses circulando por las vías exclusivas y pequeñas micros eléctricas por las calles más pequeñas; un globo dirigible como los zepelines sobre el cielo capitalino vigilando las quemas ilícitas y las chimeneas a leña. ¡Ah! Y también los vertederos ilegales, portando un logo de propaganda de empresas que financiaban esa labor. Bastaba dos carabineros a bordo, un teléfono celular y toda la ciudad estaba controlada. Para el verano podría localizarse en Valparaíso y detectar el inicio de incendios antes que se tornaran imposibles de controlar. Hasta se deleitaba con sus desvelos.

Pao trajo muchas noticias, a través de Pablo, su amigo policía, tuvo acceso al computador de Julia. La mujer, la yegua, como la llamaba ella, era la actual pareja de Carlos, estaba embarazada de seis meses. Ubicaron las famosas fotos que alguna vez le envió a Julia y que terminaron con su matrimonio. Pao los entrevistó, otra vez inventando que escribía un artículo para una revista. Gina, que se notaba era quien mandaba en la relación, según Pao, era una mujer ambiciosa, subrepticiamente insinuó que Carlos debería hacerse cargo de sus hijitas, siempre las mencionó con diminutivos, Humberto no tenía ningún derecho legal y la abuela o los hermanos quedaban en una segunda opción. La casa, a decir de Pao era lo único que le interesaba, debería ser administrada por Carlos, ya que las niñitas eran menores de edad. Ellos no tenían casa propia, recalcó Pao que traía todo anotado y esto último lo traía subrayado con un lápiz rojo. Cuando le consultó si Carlos tenía algún arma de defensa, tomando en cuenta que Maipú se estaba transformando en una comuna peligrosa con tanto adolescente drogadicto, y que recién habían asaltado a unos vecinos, Gina dio un respingo y demostró cierta indignación. —Desde luego que no. ¿Por qué lo preguntaba?—. Según Pao se había puesto muy nerviosa y pensaba que algo ocultaba.

—¿Crees que ellos podrían hacer eso? —replicó Roberto con un hilo de voz.

—Pablo dice que el principal motivo de un crimen suelen ser asuntos de dinero. Yo no sé, sólo estamos amarrando cosas, en todo caso creo que Gina es una mujer mala. Trabaja en la municipalidad, en algo de la educación, ella misma me contó que con Carlos se enamoraron hace muchos años, no ocultó que en ese tiempo estuviera casado con Julia. No guardó ningún respeto por Julia y agarraba de la mano a Carlos para demostrarme que se tenían mucho cariño y que eso sería muy bueno para sus hijitas, pues ella estimaba que Julia las había descuidado bastante, incluso llevando a su casa a un desconocido que se decía por ahí que era bueno para el trago, aunque eso último no le constaba -pero en una de esas- había terminado, levantando los hombros.

—¿Cuál de los dos, o quizás juntos?—. Carlos la citó y ella disparó por la espalda. Sentía un leve malestar en el estómago, trataba de visualizar la situación. Cuando Julia cae, Gina insiste en llevarse su cartera y celular, así parecería un robo, Carlos sigue sus instrucciones como un autómata, ya no piensa, aunque todo estaba planeado entre ambos. Otra noche en vela, y eso no le importa ahora porque ha descubierto que estar despierto es alargar la vida, es correr los últimos metros de la maratón, no importa llegar último, aunque sea arrastrándose, el público lo aplaudirá por su tozudez, su valentía o como se llame. Dormir, en cambio, es una derrota, es distraerse en el camino y perder el Tour de France, el Giro de Italia pinchando un neumático de la bici cuando apenas faltan cien metros para la meta, cuando tenía tantas ideas para mejorar el planeta, la más importante, abolir los ejércitos, sí, porque ahí en el podio haría un discurso por la paz, pero no como las mises de los concursos de belleza, sino con argumentos serios, con ideas prácticas. ¿Cuánto daño le han hecho al mundo esos generales cubiertos de medallitas en el pecho? —Todo ser civilizado de este siglo debería ver la serie francesa

"Apocalipsis, la primera guerra mundial", debería ser obligatoria en los colegios—. Había quedado tan tristemente impresionado con la película que se la había comentado a todos sus conocidos, aunque fueran pocos, se sentía casi con una obligación de hacerlo. ¿Cuántos dictadores surgieron en nuestra américa de los gloriosos ejércitos, cuántos pueblos inflamados por estúpidos patriotismos siguieron a los gobiernos de un puñado señores que seguían la guerra desde los salones de sus clubes, cuántas minas se sembraron en nuestro desierto? Seguía con los ojos cerrados, se llevó la mano al abdomen, un malestar en la boca del estómago quería martirizarlo. ¿Si fuera más joven, si tuviera alguna influencia, si no fuera un viejo enfermo homicida?

Edson cuando estuvo en Chile la última vez había contactado a Julia, registraron su *e-mail*, pero el día de su muerte estaba en Rapa Mui, dos días después había volado a São Paulo. No se sabe si la visitó, pero se podría descartar como sospechoso. Pao traía todo anotado en su cuaderno. Dijo que según el abogado después de su estadía en la Posta Central sería más fácil conseguir la reducción de la medida cautelar. Se extrañó, pero la noticia no lo alegraba, igual que a Manuel, volver a su departamento no cambiada mucho las cosas, hay presos que se acostumbran a la prisión -reflexionó- les soluciona cuestiones domésticas que afuera le embrollan la vida. Se sentía cansado sólo de pensar en hacer las compras en el supermercado, de tener que cocinar o lavar los platos. Aquí el estado se ponía con quinientos mil pesos mensuales para mantenerlo, en cambio a los ancianos sin previsión que nunca delinquieron apenas los premia con ochenta. Warren Buffett, el súper millonario norteamericano se quejaba de la injusticia por pagar menos impuestos que su secretaria. Fue lo último que pensó antes de dormirse. Parecía algo similar, por lo injusto.

A la mañana lo tenía casi todo olvidado, quizás debería contarle a Pao estas ideas algo locas que lo rondaban y que las publicara después de su muerte, "Mi último deseo", o "El suspiro", algo así. Pero estos pensamientos de justicia, tirados casi al azar nunca han cambiado el mundo -mortifica el pensarlo- después de todo nadie los ignora, pero como sociedad de ovejas ninguno reacciona, seguimos al rebaño buscando sólo un pastizal, aunque vaya directo al matadero. —Mira —Manuel le diría —ahora esto no es caldo de cabeza, es un charquicán, son demasiadas tonterías juntas. Salió al patio a caminar, hacía varios días que no abandonaba su celda. Dio varias vueltas al patio, lentamente, deteniéndose a ratos porque se cansaba, más tarde se sentó en un lugar soleado. Sin pensar en nada, sólo mirando el paseo de los reclusos que lo hacían tan rápido. Un hombre joven lo interpeló, tratándolo de abuelo, traía un mensaje del pabellón 7, el Lelo tenía una información que darle a la señorita Paola, le convenía, tenía que ver con la finada de Maipú. Se quedó perplejo. El muchacho dijo no saber nada más, pero que era importante. —Aquí adentro cachamos más que los ratis —explicó riendo, al ver su cara de incredulidad.

Pao llegó muy excitada, un tal Rubén Muñoz, el Chita sería, según el Lelo, el asesino de Julia. Pablo confirmó que tenía antecedentes por robo con intimidación y porte ilegal de armas. Para proceder a un allanamiento debería, eso sí, seguirse un trámite legal, lo mejor sería contactar al inspector Rebolledo. Pablo se encargaría de hacerlo.

Le llegó un nuevo compañero de celda, tenía cara de niño, apenas había cumplido los 18, pero con un largo prontuario como menor de edad, lo atraparon después de un portonazo, los Carabineros lo persiguieron y terminó chocando un poste. Se instaló en el camarote y se quedó dormido como si estuviera en su casa. Daba envidia verlo tan plácido. Cada vez echaba más de menos a Manuel, no tenía a quien contarle lo sucedido. Fue una larga noche insomne, sin recuerdos, ahora pensaba en el futuro, un futuro breve determinado por el cáncer. Aún no amanecía, pero se escuchaba el canto de los pájaros, nunca antes lo había sentido, porque aquí no hay árboles, pero en las calles hay pájaros, estaba pensando, cuando un malestar en la boca del estómago lo hizo sobarse el abdomen. Cuando supo lo del tumor su miedo no era morir, pero sí el dolor, nunca había sido bueno para soportar dolores. Las náuseas comenzaron un rato más tarde, se metió los dedos en la garganta y vomitó, otra vez un vómito oscuro que tampoco alivió el dolor.

Lo trasladaron a la enfermería, de nuevo la camilla estrecha y las luces siempre encendidas, gente que se movía a su lado, si seguía sangrando lo llevarían otra vez a la Posta con la cadena atada a la cama. Horas más tarde apareció su abogado con su maletín negro, lleno de calcetines como decía Manuel. La corte acogió la reducción de la medida cautelar, volvería a casa con prisión domiciliaria total.

Más de dos meses estuvo en la cárcel, el verano se terminaba, rodeado de sus hijos y nietos lo recibieron con una alegría que le costaba compartir.

III

Parece que nunca más estaría solo. A veces no era una ventaja. Durante el día sus hijos y nietos se turnaban para acompañarlo, contrataron una nana para atenderlo, Pao permanecía horas a su lado, mientras él, sentado en su sofá, se sentía más débil y el dolor del estómago ahora se hizo permanente y los vómitos algo más frecuentes. La ambulancia de Help lo visitó varias veces, le colocaban una inyección que lo aliviaba, pero sólo unas horas.

Había novedades allanaron la casa del Chita, recuperaron el celular de Julia y lo detuvieron. La cartera y las llaves del automóvil también estaban en su poder. Rubén Muñoz, el Chita, tenía antecedentes, pero estaba catalogado como un ladrón de poca monta, tenía detenciones por microtráfico, además de ser un drogadicto. Pao asistió a la audiencia de formalización, el fiscal pidió prisión preventiva y lo acusó de homicidio. Su abogado defensor insistió en que el Chita sólo cometió el robo, paseaba por las cercanías y vio una mujer en el suelo, se acercó a su lado y comprobó que estaba muerta, entonces tomó la cartera y salió corriendo. Sin el arma homicida no podía ser acusado de asesinato, insistió el abogado. Noventa días de reclusión determinó el juez de garantía. Tenía una orden de captura pendiente y fue enviado directamente a la Penitenciaría.

—No sé por qué me tinca que el Chita no la mató —sugirió Pao —intuición de mujer, hay algo raro. ¿Por qué el Lelo lo delató? Debe ser por rencillas personales, quizás son de bandas distintas que se pelean por la droga.

Roberto la escuchaba como si estuviera lejos, una somnolencia lo acompañaba desde algunos días, tomaba unas gotas para el dolor, había empezado con 10 y ahora iba en 20 y lo adormecían, así y todo, la aconsejó, que tuviera cuidado, eran tipos peligrosos.

Sorpresivamente el comisario Rebolledo lo visitó, siempre muy caballero, pero su interrogatorio fue duro. —¿Qué relación tenía con el Chita? ¿Cómo supo que las pertenencias de Julia estaban en su casa? ¿Existía la posibilidad que el Chita fuera un sicario, y no quería delatarlo para no confesar el crimen?—. El seguía siendo el principal sospechoso, terminó diciendo Rebolledo al despedirse.

Una tal Karina, la pareja del Chita, era la fuente de la discordia, Pao la había visitado con Pablo, el detective amigo que quería interrogarla. —Pero, pero,

¡TA TA TA TAM! —agregó Paulina para darle emoción —antes fue la mujer del Lelo, y el Leandro es un pato malo de otro calibre, según Pablo, lidera una pequeña banda de narcos y ya tiene una sentencia por homicidio que ya pagó con 10 años de cárcel. La fulana se veía asustada, pero tampoco reveló nada nuevo, según ella el Chita nunca habría tenido un arma y la cartera de Julia de seguro se la encontró.

Pasaba horas sentado, a veces con los ojos cerrados por un largo rato, quería pensar cosas nuevas, o recordar momentos placenteros de su vida, su infancia no la consideraba muy feliz, eran pobres, quizás no tanto, pero había diferencias con sus compañeros de colegio. Con Jorge Sánchez habían sido buenos amigos, habían inventado un código para escribirse, intercambiado las letras, él las recordaba todavía y a veces escribía alguna frase con esas letras distintas, pero sus padres lo cambiaron de escuela y a su amigo no lo volvió a ver; sólo en una oportunidad encontró su nombre en el diario, tenía un cargo de subsecretario de un ministerio, pensó en llamarlo y felicitarlo, pero como tantas veces pasa en la vida no lo hizo nunca; después de sesenta años qué podría decirle, que aún recordaba el idioma secreto, o esas canciones que usando melodías muy conocidas habían cambiado la letra con groserías, porque era sentirse adultos reclamar que "O patria querida que putas tan caras que uno le cuestan un ojo de la cara", cuando sólo tenías once o doce años. *Ditadbi* era su nombre en ese idioma disfrazado.

Había pensamientos que se repetían, Arica y las generadoras de electricidad con las olas del mar trabajando noche y día, desalinizar el agua de mar y regar el desierto, la tercera y cuarta región convertidas en un jardín, también el cultivo de crustáceos y Julia, bueno lógico, que se repetía en sus recuerdos o en sus fantasías. Esa vez en el motel después de besarla, de besarla de verdad, conociendo su sabor, su saliva, Julia había tomado la iniciativa, él de espaldas en la cama, Julia con las rodillas flexionadas sobre su cuerpo hizo lo que se esperaba hiciera él, comenzó a moverse, cerró los ojos, le tomó las manos y las colocó sobre sus pechos. —No te detengas, por favor, sigue—. Roberto sólo quería que ella sintiera placer, y lo logró, por lo menos dos veces Julia llegó al clímax. Roberto no quería decepcionarla y trataba de mantenerse en forma. Más tarde ella lo giró colocándose bajo su cuerpo, ahí las cosas no fueron tan afortunadas, él se cansó, había hecho un esfuerzo para el cual había perdido la costumbre después de varios años sin sexo. Ese recuerdo se mantenía intacto después de tanto tiempo, aunque quizás las cosas no fueron tan así, con los años probablemente se habían maquillado con su propia fantasía. Cuando en el automóvil abandonaban el Valdivia ella estaba furiosa y llorando, le gritó que había sido un canalla, o algo parecido. Roberto se sintió efectivamente un mal hombre, pero no podía arrepentirse, lo haría otra vez. Quizás su mayor enojo, pensaba ahora Roberto, fue por haber sentido placer.

Pao tenía novedades importantes, pero decidió no contárselas: Al Chita lo mataron en la Peni, llevaba apenas dos días recluido y le clavaron un estoque por la espalda en la región lumbar, le atravesaron las venas del abdomen y falleció minutos después. Del agresor nada se supo, sin testigos, sin cámaras de vigilancia. Su amigo detective cree que el homicidio fue por encargo, el Lelo era un tipo que jamás aceptaría que le levantaran una mujer.

El dolor había cedido bastante con las gotas, ahora treinta, se mantenía a raya, trataba de mantenerse despierto en la noche, cuando estaba solo, para pensar, recordar o buscar nuevas ideas que dejarle a la humanidad, un testamento de su pasada por la tierra. A veces se mezclaban con sueños, con Julia en el cerro San Cristóbal una tarde en su automóvil, se detenían a mirar Santiago con el sol en el horizonte de un color anaranjado, sin la bruma que de día todo lo achata, ya abajo del auto, él la arrinconaba contra un árbol para besarla, Julia se defendía, entonces la empujaba lanzándola por un barranco y la veía caer como un muñeco, trataba de recuperar la conciencia y tenía la pistola en la mano para apoyarla en su pecho y disparar. Despertó transpirado, y durante varios minutos no pudo dejar de llorar.

Dos hijos hombres, al mayor, Antonio, no quiso ponerle su nombre, quizás por qué, tampoco conocía a nadie que se llamara así. Trataba de recordar, con Clara parece que lo habían discutido, si era mujer se llamaría Clara Luz, o Luz Clara -se reía él-. ¿Cómo se te ocurre? Todo el mundo se burlará de ella. Pero fue varón, su nombre lo había sugerido su mujer, trataba de concentrarse, no lo tenía claro, quizás deseó que se llamara Roberto, mal que mal es una costumbre bien chilena. El segundo se bautizó como Javier, ahí no hubo discusión con eso. Vivían en una casa pequeña en la calle General Gana, el piso de la entrada era de baldosas rojas y gastadas, había un pequeño patio interior donde crecía un naranjo. Apretó los ojos y por un instante vio a los niños corriendo alrededor del árbol y las naranjas maduras y brillantes. Clara sentada en un piso de madera, fumaba, cigarrillos baratos de la época, "Premier Ambré". —¿Quizás cómo se escribiría ambré?—. Nunca dejó de fumar, incluso cuando estaba tan mal que apenas podía levantarse de la cama -como yo estoy ahora- se le ocurrió.

Los primeros días en casa se levantaba tarde, le traían el desayuno a la cama. Insistía en vestirse solo, pero los calcetines eran un problema. Pidió ayuda y ahí descubrieron que las uñas estaban muy crecidas y debió soportar que se las cortaran. Pobre, viejo y enfermo -recordó un decir popular- bueno, pobre no era, tenía lo necesario, quizás cuando niño tampoco fue pobre, quizás sólo le gustaba mortificarse con los recuerdos. Su madre era un pajarito moviéndose sin ruido por la casa, no era muy cariñosa, o si lo era no estaba en su memoria.

Primero había fallecido su padre, con una larga agonía, debilitándose en cama poco a poco. Su madre, un par de años más tarde, se quedó dormida una noche y no despertó jamás. Recordó su funeral, no la había llorado, estaba viejita su madre, se entristeció y lloriqueó por un rato. Entonces dijo en voz alta: —¿Cómo está el tiempo allá en el cielo, viejita, aquí llueve desde el sábado? No podré mirarte a los ojos sin sentir vergüenza.

Pao está cada vez más convencida que la Gina es la mala de la película, tomaron un abogado para recuperar a las niñitas, como dice ella, y desde luego el asunto de la casa, que cree que es lo único que les interesa. Se lo ha repetido varias veces a Roberto, que en su duermevela la ve hostigándolo para que dispare y le pasa la pistola a él, sí a él, a Roberto Vergara que quería apoyarla en su pecho, pero se acobarda y lo hace por la espalda, primero en la pierna, Julia grita y no alcanza a girar y percuta otra vez el arma, ahora directo al corazón, corre a casa en el auto.

Otra vez está sudando, con el pijama mojado. Es de noche y llueve, desde el sábado, viejita, desde el sábado.

Pao fue muy discreta, pero se lo preguntó al fin, si quería que le trajera un sacerdote. Se negó, su vida era inconfesable, sí, había chantajeado a Julia cuando su apuro económico, era vergonzoso, lo peor es que lo volvería a hacer, era algo mágico, y sería capaz de repetirlo en la vida, ahora era la única evocación que lo solazaba, cruzaba sus manos en los antebrazos y se los acariciaba, como lo hizo ella esta tarde, sintiendo que sus manos pequeñas lo apretaban en sus momentos de éxtasis. El recuerdo era como una oración de cada noche, repetía uno por uno los instantes que habían vivido en la cama, cuando cansado y sudoroso, debió detenerse sin conseguir la culminación.

Lo importante no es el placer del acto mismo, se le ocurrió, sino el poder enamorar, quizás el famoso don Juan Tenorio también perseguía eso y por ello seducía a tantas mujeres, sin jamás enamorarse, porque el amor es una mierda, una gran mierda.

—¿Llueve?

—Tranquilo don Roberto —la nana se acercó a la cama y el oído muy cerca de su rostro, porque la voz del hombre postrado desde hace días, apenas era perceptible. Insistía en preguntar si llovía, finalmente la mujer le respondió que no. —Llueve desde el sábado —dijo ahora un poco más claro. Ella aclaró que

no y le estiró los pocos cabellos que cubrían su cabeza.
—Entonces, ¿qué día es hoy?

Permaneció con los ojos cerrados. Si hubiera tenido tiempo habría dejado una grabación con esas ideas que beneficiarían a tantos y tantas, como decía la Presi, para que la escuchara toda la gente reunida en la iglesia donde lo estarían despidiendo. —Sí —la gente escucharía en silencio y a su fin, cuando algunos intentaban aplaudir sus palabras grabadas, una mujer se paraba y mirando directo a su ataúd bajo el altar comenzaba a insultarlo. —Asesino —lo llamaba. Al observarla mejor reconocía con espanto a la madre de Julia.

A las seis estaba casi oscuro, como acontece en los inviernos por estos lares. Le habían colocado un suero, porque ya no ingería líquidos. La nana y Pao a cada lado de la cama habían colocado un par de sillas y ahí sentadas lo observaban. Pao ocasionalmente le sobaba el brazo, ahora muy delgado y con moretones producidos por los pinchazos en las venas.

Se quiso incorporar, gesticulaba como si quisiera hablar, a ratos se podía traducir una que otra palabra. —El Chita, el hombre ese —pareció entender Pao, pero lo acomodó sobre la almohada. Le paso la mano por la frente. Estaba helado.

—Pao llama al inspector Rebolledo, necesito hablar con él, es muy urgente, no tengo tiempo, a Rebolledo, al inspector, tengo que contarle todo —repitió varias veces, pero sólo alcanzó a ser un pensamiento, quizás el último desvarío. Pao le cerró los párpados, la nana comenzó una oración.

—Antonio.

—Sí.

—Don Roberto acaba de fallecer.

Paulina Ponce Lecaros en el anexo de su memoria de título señala: Roberto Vergara Farías fue incinerado en 30 de agosto en el Parque del Recuerdo, acompañado de su familia. La asistencia al campo santo fue escasa, porque una enorme lluvia cayó en Santiago ese sábado.

Seis meses más tarde el fiscal Oscar Valdivia decidió cerrar el caso, dado que no hubo ningún avance en la investigación.

Biografía del autor

Reinaldo Martínez Urrutia nace en Talca en 1941 y vive desde su infancia en Santiago. Allí estudia Medicina en la Universidad Católica, egresando en 1965. Desde entonces ejerce en diversos hospitales dedicados a la Cirugía; labor que comparte hace más de cincuenta años con sus inquietudes literarias, enfocadas principalmente en la narrativa. Asistiendo a diversos talleres literarios, fue premiado por algunos de sus cuentos en el concurso literario Alerce, de la Sociedad Chilena de Escritores (1978); en el Alonso de Ercilla, auspiciado por la Embajada de España (1988); y en un certamen organizado por el

Colegio Médico (1984). Aquellos escritos galardonados están publicados en revistas y en dos antologías: *"Nuevos cuentistas chilenos"* y *"Cuento aparte"*, editadas por los talleres literarios a los que pertenecieron. La novela *"El dolor ajeno"*, le tomó cinco años de investigación y le fue encargada por colegas que deseaban que la rica historia de la Asistencia Pública no fuera olvidada por las nuevas generaciones.

En el año 1993 publica *"Los hombres llegaron gritando"*, que contiene cuentos escritos sobre variados tópicos a lo largo de veinte años, algunos de ellos premiados.

Con la Editorial Segismundo, publica una segunda edición, corregida, de *"El dolor ajeno"* en 2017, otra novela *"Reciclando al Abuelo"* el 2018 y, en el 2019, la novela *"Llueve desde el sábado"* y el cuentario *"Allá afuera - Aquí dentro"*.

En el año 2020 publica los *"Cuentos del Cogotán"* y su última obra *"Quiero ser Presidente"*.

Tabla de materias

Colofón

Este libro se imprimió mecánicamente, no sabemos dónde ni cuándo, por algún robot dedicado a la impresión bajo demanda. Por lo tanto, nos es imposible indicar cuántos ejemplares han sido producidos a la fecha ni cuántos lo serán en el futuro. Esperamos que se haya usado papel Bond blanco y una tapa de cartulina polilaminada a color, con una encuadernación rústica mediante *hotmelt*. Por lo menos estamos seguros de haber usado la tipografía *Book Antigua*, en varios tamaños y variantes, para la mayoría de su interior.

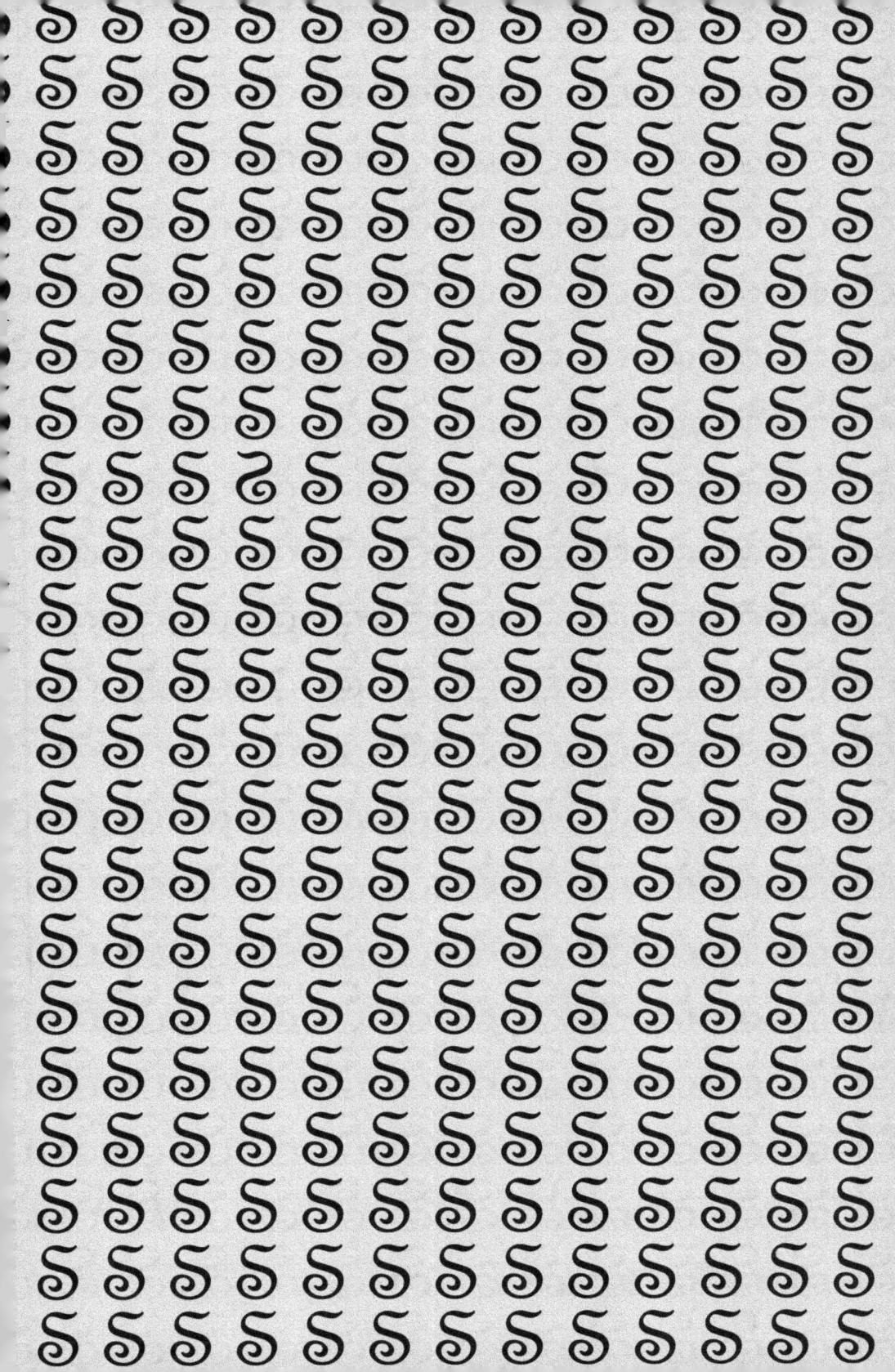

www.ingramcontent.com/pod-product-compliance
Lightning Source LLC
Chambersburg PA
CBHW072042170626
46811CB00008B/3129